COMBATS EN PLEIN CIEL

Première Guerre mondiale

David Ward

Texte français de Martine Faubert

Éditions

■ SCHOLASTIC

Bien que les événements évoqués dans ce livre, de même que certains personnages, soient réels et véridiques sur le plan historique, le personnage de Paul Townend est une pure création de l'auteur, et son journal est un ouvrage de fiction.

Catalogage avant publication de Bibliothèque et Archives Canada

Ward, David, 1967-
[Fire in the sky. Français]
Combats en plein ciel / David Ward ; traduction de Martine Faubert.

(Au Canada)
Traduction de: Fire in the sky.
ISBN 978-1-4431-3300-5 (relié)

1. Richthofen, Manfred, Freiherr von, 1892-1918--Romans, nouvelles, etc. pour la jeunesse. 2. Guerre mondiale, 1914-1918--Opérations aériennes canadiennes--Romans, nouvelles, etc. pour la jeunesse. I. Faubert, Martine, traducteur II. Titre. III. Titre: Fire in the sky. Français. IV. Collection: Au Canada (Toronto, Ont.)

PS8595.A69F5714 2014   jC813'.6   C2013-907599-2

Édition publiée par les Éditions Scholastic, 604, rue King Ouest, Toronto (Ontario) M5V 1E1.

5 4 3 2 1   Imprimé au Canada   114   14 15 16 17 18

Le titre a été composé en caractères Immortal.
Le texte a été composé en caractères Minion.

À Tim Rourke, un homme d'honneur

Prologue

Je ne prétendrai pas avoir connu le Baron rouge, et encore moins l'avoir rencontré en personne comme certains de mes amis s'en sont vantés. Par contre, je l'ai *bel et bien vu* passer dans la ligne de mire de ma mitrailleuse Lewis .303, par un jour de grand vent, au-dessus des campagnes de France. Et je l'ai aperçu qui fonçait derrière moi et tirait des balles dans la toile de mes ailes pour la mettre en lambeaux. Rien n'aurait pu me préparer à un tel spectacle. Mais là encore, personne n'aurait pu imaginer les atrocités qui allaient ravager l'Europe en 1914, alors que je n'avais que 17 ans.

Robert et moi finissions de former une rangée de foin quand notre petite sœur est arrivée en courant.

— Papa veut vous voir, a-t-elle dit, visiblement inquiète et énervée.

— Pourquoi es-tu si inquiète, Sarah? a demandé Robert en s'épongeant le front.

— C'est la guerre. L'Allemagne a envahi la Belgique, et le docteur dit que l'Angleterre va entrer en guerre, a-t-elle fini par dire, les lèvres tremblantes. Le docteur est venu voir maman en automobile. Il a dit qu'on ne parle que de cela, dans les journaux.

Robert a solidement planté sa fourche dans la terre. Puis il m'a pris par les épaules, m'a fait basculer et nous sommes tombés par terre tous les deux. Je lui ai mis une grosse poignée de foin dans la bouche. Il m'a saisi à bras-le-corps et, comme d'habitude, je me suis retrouvé sur le dos.

— Tu as entendu, petit frère? a-t-il crié. Enfin un peu d'action!

Des brins de foin tombaient de ses cheveux bouclés.

Soudain, le ciel immense des Prairies était devenu une invitation à l'aventure et à l'exploration des possibilités infinies offertes par de lointaines contrées, plutôt qu'au travail de la ferme qui n'en finissait jamais comme le foin à ramasser en pleine canicule.

Un jour, quand nous étions petits, Robert m'avait raconté que le ciel se terminait à l'horizon, quelque part de l'autre côté de Winnipeg. « Un jour, nous prendrons le train et nous sortirons de cette grosse bulle, avait-il dit. On pourra enfin voir à quoi ressemble le monde extérieur! »

Avec la nouvelle de la guerre, ce jour venait d'arriver.

— Non! Non! a crié Sarah, les joues baignées de larmes. Vous allez partir tous les deux!

— Ce n'est pas pour tout de suite, ai-je déclaré.

— C'est vrai, a dit Robert. Paul ne peut pas partir

maintenant. Il n'a que 17 ans. Mais je promets de vous écrire à tous les deux!

Nous l'avons poursuivi jusqu'à la maison.

Mon père nous attendait devant le perron. Il tenait dans une main son chapeau à large bord et passait l'autre dans ses cheveux. De loin, on aurait dit Robert, avec sa carrure et sa manière de s'appuyer contre le poteau de la galerie. En nous voyant arriver, il a esquissé un sourire, puis a repris son air sérieux. Ma mère était assise, immobile, sur la balançoire de la galerie.

— C'est vrai? a demandé Robert. C'est la guerre?

— C'est ce qu'on dit, a répondu papa. Le Canada va se joindre à la Grande-Bretagne.

— Je veux m'enrôler, a dit Robert.

En courant vers la maison, mille questions se bousculaient dans ma tête. Une fois arrivé, ce qui allait se dire semblait évident. Mon père a commencé par s'éclaircir la voix.

— Ta mère et moi savions que cela allait se produire, a-t-il dit. Je n'essaierai pas de te faire changer d'idée, mon garçon. C'est ton droit. Mais j'espérais que tu voudrais rester ici jusqu'à Noël.

— Mais, à Noël, la guerre pourrait être déjà finie! a dit Robert en regardant maman par-dessus l'épaule de papa.

— Personne ne le sait, a-t-elle dit d'une voix douce.

Il y a eu un long moment de silence, et je suis passé de l'enthousiasme à l'inquiétude.

— Bon, a dit papa. Avant d'aller s'enrôler, il y a encore beaucoup de foin à rentrer dans la grange. On ferait mieux de s'y mettre. Ça n'aidera pas les vaches de s'éterniser sur le sujet.

Mon frère s'est enrôlé la deuxième semaine de septembre, dans un des régiments de Winnipeg faisant partie du corps expéditionnaire canadien. Je ne me suis jamais senti aussi seul de toute ma vie. J'ai passé les deux années suivantes à essayer de trouver un moyen d'aller le rejoindre.

Nous n'avions jamais été séparés depuis le jour de ma naissance. Il était de deux ans mon aîné, mais c'était moi le plus pondéré, le tacticien, celui qui nous évitait les ennuis. Là-bas, qui le ferait à ma place?

Personne n'a été surpris que Robert s'enrôle. Il était impulsif; un homme d'action, comme disait papa. Je me rappelais plusieurs de ses coups de tête. J'ai regardé un croquis que j'avais fait et qui était épinglé au mur. Il représentait la fois où le maire adjoint avait heurté la ferme avec son automobile, et que le bidon d'essence fixé au marchepied avait pris feu.

Sur le dessin, je suis figé sur place et je regarde les flammes et la fumée. Robert grimpe par la fenêtre du véhicule pour aller sauver le conducteur. La scène n'est pas rigoureusement exacte, mais elle décrit bien ce que je ressentais : j'étais pétrifié, face au danger.

J'ai fermé les yeux pour mieux me souvenir. Je voyais une automobile pour la première fois de ma vie, et c'était affreux de voir les flammes lécher sa carrosserie.

Robert m'avait secoué en criant : « Paul! Il faut le sortir de là! »

Il m'avait secoué une seconde fois, et j'étais sorti de ma stupeur. Je lui avais dit d'essayer la portière.

Il avait couru vers la voiture en se couvrant le visage avec sa chemise pour se protéger de la fumée. La porte était coincée. J'avais traversé le fossé en titubant. À l'intérieur, le conducteur était affaissé du côté du passager. J'avais crié à Robert de casser la glace. Son poing était passé au travers de la glace. La peinture s'était maculée de sang quand il avait effleuré la portière. Il m'avait ordonné de le soulever plus haut. Il avait grimpé par la fenêtre. Je l'avais pris par les jambes et l'avais poussé à l'intérieur. J'avais entendu un grognement, puis j'avais vu Robert qui tirait le conducteur inconscient. Je lui avais crié de faire vite.

Les flammes montaient à l'assaut de l'habitacle tandis que nous le tirions jusqu'en haut du talus.

Le maire adjoint avait survécu, et Robert et moi avions été traités en héros. Mais je savais qu'il n'y avait qu'un seul héros, et c'était mon frère.

Comme d'habitude, j'avais dessiné tout ce qui

s'était passé.

Quand Robert avait vu mon dessin, il l'avait touché, puis avait dit une chose qui allait me changer : « Ne recule jamais devant la peur. Même quand tes genoux tremblent. Il faut prendre la peur de front. La moitié du temps, elle va s'enfuir en courant. Et l'autre moitié du temps, eh bien, il suffit de la prendre comme elle vient. » Il m'avait ébouriffé les cheveux, puis avait ajouté : « Tu es intelligent, Paul. Mais parfois, tu réfléchis trop. »

Chapitre 1
Août 1916

La guerre n'était pas terminée à Noël. Dans ses lettres, Robert racontait qu'il avait enfin vu des combats et, d'après les journaux, nous avons compris que sa division était à Ypres en avril 1915, quand l'ennemi avait utilisé le gaz moutarde. Maman et papa étaient très inquiets jusqu'à ce que la lettre suivante arrive, nous annonçant que tout allait bien.

Ses lettres à la famille, généralement maculées et souvent censurées, racontaient les mêmes horreurs dont nous entendions parler dans les journaux. Ses récits de l'agonie des soldats gazés par les Allemands et du tragique naufrage du *Lusitania*, coulé par un sous-marin allemand en mai 1915, furent pénibles à lire. Mes mains tremblaient tandis que je lisais son rapport des bombardements dévastateurs lors de la bataille du mont Sorrel, en juin 1916. Mais ces revers ne semblaient que le stimuler davantage.

Le temps passait lentement et je mourais d'ennui à la ferme, tandis que Robert restait déterminé à participer et à aider l'Angleterre à gagner la guerre. Quand j'ai eu 18 ans, papa m'a demandé de rester pour le temps des foins. Mon frère étant loin, j'ai accédé à sa demande, malgré les lettres de Robert dont la détermination était contagieuse. À l'approche de l'anniversaire de mes 19 ans, maman s'est mise à m'observer avec nervosité. Mais la raison pour laquelle j'ai décidé de m'enrôler pour aller rejoindre Robert n'eut rien à voir avec ce que mes parents pouvaient imaginer. C'est arrivé durant le mois de mon anniversaire.

Par un jour de grande canicule du mois d'août, papa et moi chargions du foin sur la charrette. Soudain, quelque chose est apparu et a rompu le silence de cette journée d'été. Ça volait dans le ciel et rasait la cime des arbres. J'ignorais ce que c'était jusqu'à ce que ce soit à 50 pieds de nous. Un avion! Une merveille ailée qui vrombissait au-dessus de nos têtes. À voir l'air ahuri de mon père, j'ai compris qu'il était aussi surpris que moi. Tel le chevalier combattant le dragon, il a soulevé sa fourche pour en menacer le monstre.

Mais, à mes yeux, cet avion était tout sauf un monstre. Il avait la grâce de l'oiseau. Le pilote a fait pencher l'appareil sur le côté et m'a salué de la main. Je lui ai rendu son salut. J'ai alors su le rôle que je voulais jouer dans cette guerre. Ainsi, une autre année a passé. Et quand j'ai eu 19 ans, en août 1916, au grand désespoir de ma mère, j'ai décidé de partir en Ontario pour m'enrôler dans le Royal Naval Air Service. Le moment était plutôt mal choisi : le mois précédent, un régiment de Terre-Neuviens avait été presque complètement décimé lors d'un seul combat. Mon père m'a serré la main et m'a dit qu'il était fier de moi.

— Récite tes prières tous les soirs, mon garçon, m'a-t-il dit. Ici, nous prierons pour toi.

Quitter la ferme a été l'une des décisions les plus difficiles de ma vie. Et Robert n'était pas là pour me forcer à surmonter mon hésitation.

Par ailleurs, Sarah ne faisait rien pour m'aider. En nous rendant à la gare, elle pleurait et s'accrochait à moi. Je lui ai fait un gros câlin et j'ai promis de lui écrire souvent.

— Je ne te crois pas! a-t-elle protesté entre deux sanglots.

— Mais, puisque je te le dis! ai-je rétorqué en lui pinçant le nez d'un geste affectueux. Je vais même t'envoyer des dessins des machines volantes, et de la France!

Finalement, je suis monté à bord du train. C'était mon premier pas hors de la « bulle » qu'était notre ville. Mon premier pas vers le vaste monde.

Le Royal Naval Air Service (RNAS) avait immédiatement envoyé un groupe de recrues, dont moi-même, apprendre à piloter à l'école d'aviation Curtiss, à Toronto. Le voyage en train était long; il me semblait que les prairies et les forêts n'en finissaient plus. En apercevant les Grands Lacs, j'ai été étonné par leur immensité et me suis demandé si l'océan leur ressemblait.

À bord du train, j'ai rencontré Billy Miller, et nous nous sommes tout de suite liés d'amitié. Il n'avait qu'un an de plus que moi, mais il portait déjà une grosse moustache. Il m'a fait un clin d'œil quand je lui ai dit que je ne pouvais pas encore me laisser pousser la barbe ni la moustache. Il a alors lissé les pointes de la sienne en criant :

— Hourra!

Ceette expression nous a marqués, et il allait l'utiliser très souvent par la suite.

Quand je lui ai demandé pourquoi il avait choisi le RNAS, il a dit :

— J'ai perdu mon frère dans les tranchées. Pas joli, comme mort. Et puis, j'ai vu les machines volantes à la foire industrielle de Winnipeg, en 1914, et je me suis dit que les pilotes ont la chance de tenir leur destinée entre leurs mains, et c'est ainsi que je me voyais combattre. Pas coincé comme un rat au fond d'une sordide tranchée.

Billy m'a dit que nous devions nous considérer comme chanceux. Quelques mois auparavant, les gars admis à l'école de pilotage avaient dû payer jusqu'à 400 dollars pour leur formation! Il a ajouté que des centaines de recrues avaient été refusées et étaient parties s'enrôler dans l'armée de terre. Il n'y avait tout simplement pas assez d'appareils ni assez de pilotes chevronnés pour former tous les aspirants.

En apercevant les hangars à charpente de bois recouverte de toile, qui abritaient les avions de l'école d'aviation Curtiss, nous sommes devenus très excités. À partir de là, notre enthousiasme n'a plus baissé d'un cran, même en constatant que nous étions à l'étroit dans les baraques où il n'y avait que de simples couchettes et un poêle. Je m'en fichais. Toute mon attention était braquée sur la machine qui se posait sur la piste de terre battue. Cette piste était située derrière les baraques et faisait un demi-mille de long.

Là, dans toute sa splendeur, une machine volante atterrissait en soulevant un nuage de poussière, en l'honneur de notre arrivée. Deux hommes en salopette ont surgi du hangar et ont couru à côté de l'avion en le tenant par la queue.

L'appareil a été agité de soubresauts sur la piste cahoteuse. Puis il s'est arrêté non loin des premières baraques. C'était un biplan, avec deux paires d'ailes, et son fuselage était beaucoup plus élégant que celui de l'avion que mon père et moi avions vu survoler notre ferme. Je reconnaissais sa forme générale. Il avait deux postes : un pour le pilote-instructeur et l'autre, pour l'apprenti. Tout excité, je me suis dit que c'était peut-être l'avion qu'on utiliserait pour nos entraînements.

Dès que le train s'est immobilisé, Billy et moi avons

attrapé nos sacs et nous sommes précipités sur la piste, en direction de l'avion.

— Quelle splendeur! s'est exclamé Billy.

Le pilote est descendu, a remonté ses lunettes d'aviateur sur son front et retiré ses gants de pilotage, en cuir. Puis il s'est dégourdi les jambes et les bras.

— Salut, les gars! nous a-t-il dit.

Son accent américain ne m'a pas surpris. On nous avait dit que la plupart des instructeurs étaient américains, de même que nos avions. À bord du train, j'avais lu tout ce qu'on nous avait donné au bureau de recrutement et j'avais même commencé à dessiner les avions qu'on montrait dans la documentation.

— Il est magnifique! a dit Billy en passant sa main sur la toile recouvrant l'aile.

— C'est un Curtiss Jenny, ai-je dit avec assurance. Un JN-3, plus précisément.

— Hourra! a dit Billy en lissant les pointes de sa moustache.

— Comment t'appelles-tu? m'a demandé le pilote en me donnant une tape sur l'épaule.

— Paul Townend, monsieur, ai-je répondu.

— Excellent, Paul Townend, a-t-il dit. Je m'appelle Fred Martin. On dirait que tu as une bonne longueur d'avance sur tes camarades, et je pense que tu seras le premier à voler avec moi. Je n'ai jamais rencontré une recrue qui pouvait reconnaître un Jenny au premier coup d'œil.

— Tout de suite? ai-je demandé, bouillant d'impatience.

Il a éclaté de rire.

— J'arrive tout juste de l'État de New York, mon garçon. J'ai des fourmis dans les jambes et j'ai besoin d'un café. Ton instructeur est là, dans cet avion. Ça attendra demain matin, d'accord?

M. Martin a tapé des pieds par terre pour se dégourdir les jambes, puis il s'est dirigé vers une des baraques. Billy m'a poussé en me traitant de frimeur. J'ai bousculé deux gars, et nous nous sommes chamaillés. Je me suis retrouvé sous les autres, mort de rire. M. Martin s'est arrêté de marcher et nous a regardés de loin.

Ce soir-là, au souper, j'étais incapable de manger. Je ne pensais qu'au lendemain matin, quand je volerais à bord du Curtiss Jenny.

— À la santé du petit Paul qui sera le premier d'entre nous à voler en avion! a dit Billy en levant son verre.

Ce soir-là, dans ma couchette, après avoir récité mes prières, j'ai dit à voix basse à Billy qui était couché à l'étage sous moi :

— Tu as vu avec quelle élégance Fred a remonté ses lunettes sur son front et a fiché ses gants sous son bras?

Pour toute réponse, j'ai entendu : « La ferme, Paul. »

Chapitre 2
Août 1916

Tôt, le lendemain matin, M. Martin est venu nous retrouver sur la piste. Il n'y a pas eu de réveil au son du clairon puisque l'école d'aviation Curtiss était une entreprise privée et non un organisme militaire. La situation était étrange, car nous portions l'uniforme, mais il n'y avait aucun officier pour nous encadrer. Même Fred Martin n'était pas un militaire, et nous l'appelions M. Martin et non « Sir », comme pour les officiers militaires.

M. Martin se tenait donc debout, les bras croisés, et regardait le lever du soleil. Ses gants étaient sous son bras. En approchant, une odeur de fumée de cigarette nous a chatouillé le nez.

— Bonjour, les gars! a-t-il dit en jetant son mégot par terre. Presque aucun vent, et le soleil est levé. Prêt pour un petit tour, M. Townend?

— Prêt, M. Martin, ai-je répondu en tirant sur mon uniforme et en tentant d'empêcher mes mains de trembler.

— Certainement pas dans cette tenue! a-t-il dit en me regardant de la tête aux pieds. Nous allons grimper à 6 500 pieds d'altitude, fiston. Il va faire un peu plus froid, là-haut, et il va venter.

Il nous a indiqué des bancs installés devant la baraque la plus proche. Nous nous y sommes rendus, et M. Martin nous a donné sa première leçon.

— Je ne suis pas un pilote de combat, les gars, a-t-il dit. Mais je vous assure que, si vous n'êtes pas bien équipés pour piloter, vous ne serez pas utiles. On ne peut pas se permettre d'avoir les mains gelées lorsqu'il est question d'appuyer sur un bouton pour épier l'ennemi en prenant des photos ou de pourchasser un avion allemand. Vous ne voudriez pas avoir les doigts gelés quand le moment sera venu d'appuyer sur la gâchette, n'est-ce pas M. Townend? a-t-il ajouté en me regardant et en soulevant un sourcil.

— Non, M. Martin, ai-je répondu.

Puis il a pris Billy par l'épaule.

— Et que feriez-vous si votre camarade Paul, ici présent, se faisait pourchasser par un Albatros et que vous étiez aveuglé par les éclaboussures d'huile de ricin, comme on en utilise en France pour les moteurs rotatifs?

— Je croyais que ça portait malchance d'abattre un albatros, M. Martin, a répondu Billy en me faisant un clin d'œil.

M. Martin ne l'a pas trouvé drôle.

— Je parle de l'avion allemand nommé *Albatros*,

a-t-il répliqué. Et vous auriez besoin de toute la chance au monde, fiston, car cet Albatros serait équipé de mitrailleuses synchronisées et vous tireraient dessus jusqu'à ce que votre appareil ressemble à une vraie passoire.

Il y a eu un long moment de silence, puis M. Martin a poursuivi.

— Vous allez avoir besoin d'un casque, d'une paire de gants et d'un manteau. En hiver, vous porterez plus d'épaisseurs, mais ce ne sera jamais assez pour vous tenir au chaud. Si vous avez de la chance (il a regardé Billy dans les yeux), vos manteaux seront équipés de chaufferettes à piles, en France.

Quelqu'un a grommelé quelque chose à propos de sous-vêtements électriques. M. Martin a fusillé ce farceur du regard.

J'ai vite enfilé et boutonné le manteau de cuir, puis j'ai serré la ceinture. Une grande poche était cousue en travers de la poitrine. Je l'ai regardée, intrigué.

— Pour vos cartes, a expliqué M. Martin. Il est facile de se perdre en vol. Surtout la nuit. Un aviateur doit toujours faire attention aux repères géographiques. Vu du ciel, tout est différent.

Les gants étaient énormes et encombrants. Ils me montaient jusqu'aux coudes. Ils n'étaient pas fins et élégants comme ceux de notre instructeur et servaient visiblement à tenir le passager au chaud.

— Vous allez les apprécier, tout à l'heure, m'a dit M. Martin.

Finalement, j'ai mis le casque et les lunettes d'aviateur. Le casque ressemblait plutôt à une casquette avec un rabat de chaque côté pour couvrir les oreilles. Billy a serré ma mentonnière. Il était très sérieux, mais il m'a quand même souri et donné une tape sur l'épaule. J'ai marché avec raideur jusqu'à l'avion. Mon cœur battait la chamade. Avec tout l'équipement que j'avais sur le dos, j'avais désormais bien plus chaud.

M. Martin m'a indiqué une marche placée stratégiquement entre les deux sièges.

— À vous l'honneur, M. Townend, m'a-t-il dit.

J'ai posé le pied sur la marche, j'ai grimpé sur l'aile inférieure et je me suis dirigé vers le poste situé à l'arrière.

— Non, non! m'a dit M. Martin. Le pilote s'assoit à l'arrière. L'apprenti s'installe devant, du moins la première fois. Après quelques heures d'entraînement, que vous ferez dans les jours qui viennent, vous pourrez vous asseoir à ma place.

J'ai soulevé une jambe et me suis maladroitement glissé dans le siège avant. Un manche à balai sortait du plancher, et j'avais devant moi sept ou huit jauges et cadrans avec des chiffres et des aiguilles. Je les ai regardés sans comprendre et me suis soudain demandé si M. Martin avait l'intention de me faire piloter l'avion.

M. Martin a lu dans mes pensées.

— Ne touchez à rien. M. Townend. J'ai les mêmes instruments de navigation que vous. Ceci n'est qu'un petit tour pour vous récompenser de votre bonne réponse d'hier! D'ailleurs, vous ne volerez pas à bord d'un Jenny avant longtemps.

J'ai regardé mes collègues qui se tenaient sur la piste tout en me débattant avec la ceinture de sécurité. J'ai enfin réussi à la boucler, et ils m'ont salué de la main, avec un sourire. M. Martin était debout dans son poste et regardait mon épaule.

— Excellent! Vous avez vite compris. Assurez-vous qu'elle est bien serrée, cela vous servira.

Du coin de l'œil, j'ai aperçu un homme en salopette, probablement un mécanicien, qui se dirigeait vers le nez de l'avion. Il a fait un signe de la main à M. Martin, puis s'est placé devant l'hélice. J'avais du mal à voir ce qu'il faisait. Quelques gars se sont déplacés pour le voir à l'œuvre, mais il leur a fait signe d'aller se placer derrière l'avion. Billy et un autre sont partis en courant, puis ils se sont agrippés à la queue.

— Soyez bien attentif, M. Townend, a dit M. Martin. Vous allez assister au moment critique du décollage. Vous avez une chance inouïe, car normalement il faut potasser les manuels pendant des heures avant d'arriver à cette étape.

J'ai hoché la tête et me suis concentré sur le mécanicien et M. Martin. Ils ont échangé des ordres auxquels je ne comprenais rien à rien.

Le mécanicien a dit :

— Ouvrez les gaz!

Mais quelques secondes plus tard, il a ajouté :

— Coupez!

— Gaz coupés, a répliqué M. Martin.

J'ai entendu un déclic.

— Pompez! a dit le mécanicien.

Puis je l'ai vu tendre le bras et attraper une pale de l'hélice. Il lui a fait faire un grand arc de cercle, puis un autre et encore un autre. Je sentais du mouvement et des saccades à l'avant de l'avion.

Le mécanicien a ordonné :

— Contact!

— Contact! a répondu M. Martin.

Le mécanicien a donné un bon élan à l'hélice, puis un autre et encore un autre. Elle s'est mise à tourner toute seule. Le moteur a fait quelques soubresauts. L'hélice a continué de tourner, d'abord lentement, a eu un raté, puis est allée de plus en plus vite. Après quelques soubresauts et bruits de pétarade, le moteur a enfin démarré, et l'hélice s'est mise à tourner si vite qu'on ne la voyait plus. Le vent soufflait sur mon visage, et l'avion a pris vie, voulant avancer malgré les cales qui bloquaient ses roues, comme un oiseau impatient de prendre son envol.

M. Martin a crié quelque chose, mais je n'entendais rien à cause du grondement du moteur. Tout ce qui se trouvait autour de moi, que ce soit en bois ou en métal, vibrait ou tremblait. M. Martin m'a tapoté l'épaule et a levé le pouce pour me dire que tout allait bien. Je me suis retourné pour lui répondre par le même signe. Je vivais enfin ce moment tant attendu, depuis la première fois que j'avais vu un avion.

Le mécanicien est passé sous l'aile à croupetons et s'est rendu jusqu'aux roues. Là, il a retiré les cales, et j'ai aperçu un apprenti-pilote qui faisait de même de l'autre côté. Le Jenny s'est mis à avancer!

Les volets de l'aile supérieure se sont relevés, puis ceux de l'aile inférieure aussi. J'ai compris que M. Martin vérifiait que tout fonctionnait bien. L'instant d'après, j'ai entendu le régime du moteur qui augmentait. Entre les deux ailes, les haubans métalliques et les entretoises de bois vibraient et leur bruit s'ajoutait à celui du moteur. J'ai crié de joie tout en brandissant mes deux poings.

M. Martin a continué d'augmenter les gaz. Le vent a soufflé plus fort sur mon visage. J'ai regardé sur le côté et j'ai eu la surprise de voir Billy et les autres à 50 verges derrière nous. De seconde en seconde, la pression augmentait sur ma poitrine, comme si deux mains me repoussaient vers l'arrière. Le Jenny prenait de la vitesse et nous étions de plus en plus secoués. Ma tête et mes épaules ballottaient dans tous les sens. On aurait dit que je me promenais à bicyclette après un gros orage, sur une petite route de terre pleine de trous d'eau, comme si mes bras tremblaient sur mon guidon et que j'allais finir par être éjecté de ma selle à cause d'un gros nid-de-poule que je ne pourrais pas éviter. Sauf que là, ça allait beaucoup plus vite et il ventait terriblement.

J'ai senti l'avion faire un plus gros soubresaut et j'ai regardé en bas : le Jenny venait de décoller!

Soudain, j'ai senti le poids de l'avion tandis que nous luttions contre la pression de l'air et prenions de l'altitude. La sensation était si enivrante que, sans m'en rendre compte, j'ai crié de joie, les deux bras tendus de chaque côté, comme des ailes. Tout en bas, l'aérodrome et les bâtiments de l'école de pilotage ressemblaient à des cubes de bois peints déposés sur un tapis vert. Quelque chose bougeait au sol, sortant d'un petit bois : un train, comme celui qui nous avait emmenés jusqu'à Toronto. Il laissait derrière lui une traînée de fumée blanche. Des clôtures divisaient les champs en formes géométriques jusqu'à l'horizon et, ici et là, de minuscules taches se déplaçaient dans les pâturages.

Sarah aurait adoré voir ce paysage!

Nous avons ralenti, et la vibration des haubans et

des entretoises des ailes a diminué. L'instant d'après, nous virions à bâbord, et les ailes qui plongeaient me laissaient voir le monde s'étalant à mes pieds. Je me sentais si près du ciel que, si ma ceinture n'avait pas été bouclée, j'aurais bondi hors de mon poste pour aller toucher les nuages. Je n'avais pas peur pour deux sous. Au contraire, je vivais le plus grand moment de ma vie. Même si je savais que M. Martin ne m'entendrait pas, j'ai crié :

— Encore!

Il a redressé le Jenny, et nous avons volé tout droit pendant une ou deux minutes. Puis il a encore viré à bâbord, et j'ai aperçu l'aérodrome droit devant, bien reconnaissable avec ses toits blancs et sa piste de terre battue. Je l'ai indiqué du doigt. M. Martin a tendu le bras, le pouce dressé en l'air. Nous avons dépassé l'aérodrome, et j'ai soupiré de soulagement. J'avais cru qu'il allait terminer le tour et atterrir. Mais il s'est mis à plonger.

J'ai d'abord cru qu'il voulait simplement que nous volions plus bas. Mais quand il n'a pas redressé et que le nez de l'avion a continué de plonger, j'ai su qu'il allait se passer quelque chose. Le moteur a grondé et les ailes ont vibré très fort. Soudain, nous avons commencé à grimper, très à pic, et nous avons continué tant et si bien que je ne voyais plus que le ciel. J'avais l'estomac barbouillé. L'instant d'après, nous volions à l'envers; la terre tournoyait tout en bas. La pression était si forte que j'avais l'impression d'avoir une grosse vache assise sur la poitrine. Le sang m'est monté à la tête.

J'avais lu que les pilotes pouvaient faire des boucles et que la voltige faisait partie de l'entraînement. Mais maintenant que j'en avais fait l'*expérience*, j'ai compris que lire une description dans un livre et le faire en vrai étaient deux choses très différentes. Je me suis tenu le ventre à deux mains, de peur que mon estomac se retourne comme un gant et me ressorte par la bouche.

J'ai réussi à garder les yeux ouverts et j'ai aperçu l'horizon, une grosse ligne de travers, entre les ailes du Jenny. L'avion a fait une boucle, le ciel est revenu à sa place normale, et la pression a diminué. Je me suis retourné pour vérifier si M. Martin était encore là et je l'ai vu qui riait comme un fou. Il a lâché le manche à balai et a applaudi. Puis il a articulé en silence le mot « bravo ».

Beaucoup trop tôt à mon goût, M. Martin a amorcé la descente avant l'atterrissage. Le sol s'approchait à toute vitesse. Encore une fois, mon estomac s'est serré, et j'ai étouffé un cri quand les roues ont touché la piste. Il y avait tant de poussière qu'on aurait dit la fumée d'un incendie. Nous avons rebondi, puis nous avons touché terre encore. Les énormes volets des ailes travaillaient fort pour nous ralentir. Ensuite, nous nous sommes dirigés cahin-caha vers le hangar.

Billy et deux autres gars nous ont suivis en courant, en criant et en nous saluant de leurs casquettes. Sous les ordres d'un gars de l'équipe au sol, ils ont attrapé la queue de l'avion tandis que nous ralentissions. Puis des cales ont été placées sous les roues, et le Jenny s'est immobilisé.

Les gars m'ont porté sur leurs épaules et m'ont ainsi fait défiler comme un héros. Quand ils m'ont finalement déposé par terre, M. Martin est arrivé d'un air nonchalant et m'a regardé de la tête aux pieds.

— Bon début, M. Townend, a-t-il dit. Le dernier apprenti qui a fait une boucle a déversé le contenu de son estomac sur le tableau de bord. Il nous a fallu deux jours pour en nettoyer tous les recoins.

Puis, tandis que nous nous éloignions, il m'a lancé par-dessus son épaule :

— Bienvenu, M. Townend.

— Merci, M. Martin, euh… Sir! ai-je répondu.

Il m'a fait son premier et dernier salut militaire.

Ce soir-là, j'ai raconté par écrit ce vol, du début à la fin, dans une lettre à Sarah : *J'ai finalement quitté ma bulle de Winnipeg, petite sœur, mais je n'aurais jamais cru que le monde était si vaste, vu du haut des airs.*

J'ai dessiné le Curtiss Jenny avec Billy accroché à la queue et moi dans le poste de pilotage, saluant Sarah de la main. J'ai tenté d'illustrer une boucle en dessinant le Jenny dans quatre positions différentes autour d'un cercle. À la fin de la boucle, j'ai dessiné deux bras à la verticale, sortant du poste, en signe de triomphe. Sarah allait sûrement en rire.

En lui écrivant, j'ai pensé à Robert. Je n'avais pas reçu de ses nouvelles depuis plusieurs semaines. Évidemment, une lettre avait pu arriver à la ferme après mon départ, et maman l'avait sans doute fait suivre. Mais elle ne m'était pas encore parvenue. J'ai pensé au frère de Billy, mort dans les tranchées, et mon estomac s'est retourné encore plus que pendant la boucle en avion. J'ai prié Dieu de veiller sur Robert et d'empêcher qu'il se fasse tuer.

Normalement, à cette époque de l'année, j'aurais été assis sur un râteau à foin et, tiré par un attelage de chevaux, j'aurais formé de longues lignes droites dans les champs. C'était un travail sans fin, me semblait-il, sous un soleil de plomb dans un ciel sans nuage. Après mon départ, mon père avait recruté un jeune à l'église pour conduire les chevaux, et Sarah occupait ma place sur le râteau. Ils allaient se débrouiller, me suis-je dit. C'était une petite ferme de seulement 500 acres, et papa pouvait toujours compter sur l'aide d'un voisin si la pluie menaçait et qu'il fallait se dépêcher de rentrer le foin. Je ne ressentais pas encore de nostalgie, à cette époque. Tout ce que je savais c'était que ce vol à bord du Jenny avait confirmé ma décision de devenir pilote d'avion.

Chapitre 3
Août et septembre 1916

M. Martin avait raison : nous n'avons pas beaucoup volé durant les premières semaines. La tension était forte quand nous regardions les gars des autres baraques monter à bord du Jenny, jour après jour. La semaine suivante, j'ai réussi à voler une seconde fois avec trois autres gars, dont Billy, pendant presque une heure. J'avais mémorisé les instruments de bord et les instructions du manuel. Nous avions passé presque tout notre temps à étudier la construction et la mécanique des avions. Le Jenny, avais-je appris, était un appareil étonnant. Il pesait 2 000 livres, ce qui m'avait surpris, car il semblait si léger en vol. Dans les airs, il se laissait porter par le vent comme un oiseau et, pourtant, lors des décollages ou en faisant des boucles, tout son poids pesait sur le pilote. Son aile supérieure avait une envergure de 43 pieds et demi. Il fallait faire très attention à ses deux ailes, faites de toile tendue sur une armature de bois.

Durant la quatrième semaine d'entraînement, nous avons appris à coudre la toile des ailes. Quand j'ai demandé pourquoi, un des maîtres-voiliers a répondu :

— Voulez- vous, oui ou non, comprendre comment est fait votre avion?

— Non, a marmonné Billy. Je veux juste abattre des Allemands.

— Dans ce cas, tu es un idiot! a rétorqué le maître-voilier. Tout bon cavalier doit connaître sa monture. Il sait ce qu'il lui faut à manger et s'il faut lui mettre une couverture ou soigner une blessure. Un aviateur doit connaître son appareil. Sinon, il ne fera pas de vieux os.

Comme j'avais volé avec M. Martin le premier jour, j'étais tout à fait d'accord avec ce maître-voilier. Je me suis donc fait un point d'honneur d'en apprendre le plus possible. Après mon second vol, j'ai pris l'habitude de m'asseoir sur une chaise dans notre baraque, tous les jours, et de m'imaginer dans le poste de pilotage. J'abaissais le pied, comme si j'avais appuyé sur la pédale du gouvernail, et je maniais un manche à balai comme s'il s'agissait du manche à balai d'un avion.

— Dois-je faire des vrombissements de moteur pour t'accompagner? m'a lancé Billy d'un ton sarcastique, un jour où je m'exerçais ainsi à piloter.

J'ai décidé de le prendre avec humour et j'ai brusquement fait virer mon avion imaginaire. Le moteur de Billy a grincé tandis que nous effectuions notre virage. Soudain, la porte de la baraque s'est ouverte, et un de nos gars nous a dévisagés. Billy et moi nous sommes arrêtés en plein mouvement. Le gars s'est éclairci la voix et a dit :

— Quand vous aurez réussi à atterrir, vous êtes invités à venir nous rejoindre dehors pour une partie de soccer.

À la fin du mois d'août, deux événements se sont produits, qui ont tout changé pour nous et nous ont amenés, Billy et moi, à nous rendre en Angleterre. D'abord, un matin par ciel couvert, un autre Curtiss Jenny est arrivé. Nous avions désormais deux avions et, donc, l'espoir de bientôt effectuer quelques heures de vol. Ensuite, les gars de la baraque C qui, au cours de la dernière semaine, avaient accaparé tout le temps de vol du Jenny, ont reçu leur brevet. Après leur départ pour l'Angleterre, M. Martin et le nouveau pilote, M. Edwards, avaient tout leur temps à nous consacrer.

À la fin du mois de septembre, j'ai pu voler à nouveau, cette fois avec M. Edwards dans le nouvel appareil, le JN-4. Cet avion (nos pilotes américains s'amusaient à l'appeler le Canuck) était plus rapide et plus puissant que le Jenny 3 avec une vitesse de croisière de 60 milles par heure, une vitesse maximale de 75 milles par heure et un plafond de 11 000 pieds. Son moteur était donc plus puissant et sa performance en altitude était supérieure.

J'ai réfléchi un instant.

— Les Allemands peuvent-ils grimper plus haut,

M. Edwards? ai-je demandé. Il me semble qu'il est avantageux de pouvoir voler au-dessus de l'ennemi.

Il m'a regardé d'un air très sérieux.

— En effet, fiston, a-t-il répondu. Oui, du moins pour le moment, car on travaille pour corriger ce problème.

Il a fait une pause et a regardé le Jenny.

— M. Martin m'a dit que vous avez déjà volé deux fois et que vous apprenez vite!

J'ai approuvé de la tête.

— Excellent, a-t-il dit. Alors, aujourd'hui, vous allez piloter. Vous allez vous asseoir à l'arrière et vous remarquerez que je vous ai donné des gants de pilotage.

J'étais sans voix. J'avais les yeux rivés sur les beaux gants de cuir.

— Vous allez attendre mon signal, a-t-il poursuivi en levant sa main gauche au-dessus de son épaule. Puis vous prendrez les commandes : le manche à balai et la pédale de gouvernail.

J'étais si excité que j'avais envie de hurler. Et je l'ai fait. M. Edwards a souri et m'a donné une tape sur l'épaule.

Le plaisir de sentir les roues quitter le sol était aussi enivrant que la première fois. M. Edwards était-il meilleur pilote que M. Martin ou la piste avait-elle était mieux préparée ce jour-là? Je ne sais pas. Mais une chose est certaine : elle était beaucoup moins cahoteuse. Nous montions toujours et, en jetant un coup d'œil à l'altimètre, j'ai vu que nous étions déjà à 8 000 pieds. M. Edwards nous a ramenés à l'horizontale, puis il a levé sa main gauche.

J'ai glissé mes pieds dans les étriers de la pédale, juste pour voir l'effet, et l'avion s'est aussitôt mis à rouler et à tanguer. En saisissant le manche à balai pour la première fois, mon cœur s'est serré. Regarder quelqu'un piloter le Jenny était déjà excitant, mais tenir soi-même les commandes l'était mille fois plus! Je percevais les moindres mouvements de l'avion. À chaque rafale, je devais rectifier la pression qu'exerçaient mes pieds sur la pédale. Et, dans ma main serrée sur le manche à balai, je sentais la traction exercée par l'hélice et le moteur.

Pour commencer, j'ai volé droit pour m'habituer à la résistance du vent et à la force que je devais exercer pour faire monter ou descendre le nez de l'avion. En me préparant à mon premier virage, j'ai repensé au maître-voilier qui avait dit : « Tout bon cavalier doit connaître sa monture. » Il avait raison. Piloter un avion, c'était un peu comme monter un cheval à la ferme. Chez nous, les chevaux m'aimaient bien. *Espérons que ce sera la même chose avec le Jenny!* me suis-je dit.

J'ai inspiré profondément, puis j'ai déplacé le manche à balai à bâbord. Le Jenny a répondu parfaitement en tournant doucement sur son aile. Soudain, la pédale du gouvernail a pressé sur mon pied, et le Jenny s'est mis à vibrer. Je me suis demandé si M. Edwards avait repris les commandes. Puis je me suis rappelé une chose que j'avais lue dans le manuel. Dans un virage, le pilote doit souvent contrer le *lacet inverse*, c'est-à-dire la force de traînée induite par les ailes qui « tirent » dans la direction opposée au virage.

J'ai appuyé fermement sur la pédale, et le Jenny a repris normalement son virage. Une fois terminé, nous avons continué tout droit en direction de l'aérodrome. J'ai regardé devant moi : M. Edwards avait les deux pouces en l'air! Nous avons fait encore quelques virages, à tribord et à bâbord, et finalement il a repris les commandes et nous sommes rentrés.

— Vous avez bien manœuvré, Townend! a-t-il dit quand nous avons atterri. Je suppose que, la prochaine fois, vous allez vouloir pousser un peu plus loin.

— Je suis prêt à redécoller à l'instant! ai-je rétorqué.

— Vous êtes doué, a-t-il dit en hochant la tête. Vous avez un talent naturel pour le pilotage.

Les deux jours suivants, j'ai volé avec M. Martin et M. Edwards, et j'ai appris à connaître les capacités du Jenny en matière de vitesse et de maniabilité. À un certain moment, j'ai poussé le moteur à pleine vitesse : 70 milles par heure!

— Aujourd'hui, nous allons tenter une manœuvre

très spéciale, a dit M. Martin, un matin. Vous vous rappelez notre première sortie?

J'ai souri en hochant la tête.

— Vous sentez-vous prêt à exécuter une boucle?

J'ai aussitôt perdu mon sourire.

— Oui, M. Martin, ai-je répondu.

Avec son doigt, il a dessiné une boucle dans l'air, devant lui.

— C'est une manœuvre très importante, a-t-il dit. Une fois qu'on l'a maîtrisée, elle permet d'attaquer et de se défendre plus efficacement.

J'ai fait grimper l'avion jusqu'à 8 000 pieds d'altitude, tout en effectuant des virages de plus en plus serrés, en préparation à la manœuvre très difficile qui allait suivre. Finalement, j'ai fait signe à M. Martin que j'étais prêt.

J'avais relu plusieurs fois le passage sur la technique de la boucle et j'avais étudié attentivement un schéma très intéressant, qui décomposait la manœuvre étape par étape. J'ai détendu mes épaules et me suis dégourdi les doigts.

— C'est parti! ai-je murmuré.

J'ai poussé le manche à balai vers l'avant, et l'avion a piqué du nez. Pour effectuer la boucle, je devais prendre de la vitesse et plonger était le meilleur moyen d'y parvenir. J'ai donc augmenté les gaz et appuyé avec mes pieds sur la pédale de gouvernail. Je voyais la terre droit devant. J'avais déjà poussé l'accélération du moteur, mais jamais si rapidement.

Le vent sifflait dans les haubans et les entretoises des ailes, et je savais que le Jenny était mis à rude épreuve. J'ai ramené le manche à balai vers moi, et la pression m'a plaqué contre le dos de mon siège. Tandis que nous remontions en chandelle, le moteur a eu un raté, puis une autre et, finalement, il s'est arrêté de tourner. Quel cauchemar de se retrouver sans moteur à pareille altitude!

L'instant d'après, M. Martin avait repris les commandes. Nous avons complété la boucle et nous sommes redescendus plus bas. Le moteur a redémarré et s'est mis à vrombir normalement.

Je me suis tapé les genoux. Je n'étais pas fier de moi. J'avais raté ma manœuvre! M. Martin s'est retourné et a tapoté son oreille. *Écoute ton moteur*, voulait-il me dire. Il a souri et a décrit une boucle avec son doigt. *Recommence!*

Je suis remonté à 8 000 pieds d'altitude. J'ai compris qu'au premier essai, j'avais trop cabré l'avion avec une vitesse insuffisante. La manœuvre devait se faire de façon plus coulante, plus naturelle. Le Jenny avait besoin qu'on l'aide à faire sa boucle, et je n'avais pas été suffisamment à son écoute.

Cette fois, je l'ai maintenu en plongée un peu plus longtemps, ce qui m'a fait gagner énormément de vitesse pour ensuite exécuter la boucle. Quand j'ai ramené le manche vers moi pour nous faire remonter, j'ai maintenu la pression tout en m'ajustant aux rafales de vent.

Le moteur a peiné, comme la fois précédente, et j'ai réussi à retenir mon envie de redresser. J'ai écouté plus attentivement le bruit du moteur afin d'entamer au bon moment le début de la boucle. Puis nous nous sommes retrouvés dans l'arc ascendant, avec le nez de l'avion dressé vers le haut. Le moteur a eu quelques ratés, mais a tenu le coup. Nous avions la vitesse nécessaire pour terminer la boucle!

Pendant un bref instant, nous avons eu la tête en bas. Le sang m'est monté à la tête, et j'ai lutté pour garder mon calme. *Presque fini*, me suis-je dit. J'ai fredonné un cantique de Noël, et ça m'a aidé à me concentrer sur les commandes. J'ai eu à peine le temps de chanter un couplet que nous avions complété la boucle. Nous nous sommes remis à monter, le moteur vrombissant, puis j'ai ramené l'avion à l'horizontale.

M. Martin m'a fait signe avec les pouces levés en l'air, puis a repris les commandes pour nous faire atterrir devant un groupe d'apprentis-pilotes. Malgré mes doigts et mes orteils très engourdis, j'ai sauté en bas de l'avion.

— Une boucle, Billy! ai-je crié. Tu as vu?

— Bravo, Paulo! a-t-il dit en me serrant la main,

puis en me donnant un coup de poing sur l'épaule. Maintenant, à mon tour!

Billy s'est très bien débrouillé lui aussi. Il conduisait son appareil de manière très dynamique, contrairement à moi qui avais peur de trop le pousser, et ses virages étaient plus rapides et plus serrés. Nos deux instructeurs ont bien vu qu'il était doué. Mais il a eu plus de mal que moi à effectuer sa boucle : au bout de cinq tentatives, il a enfin réussi sans faire caler son moteur. J'ai alors compris que les meilleurs pilotes pouvaient faire caler leurs moteurs et que les conditions de vol à la guerre étaient souvent plus difficiles que celles que nous avions ici, à Curtiss. C'était d'ailleurs bien connu : il arrivait souvent qu'un moteur d'avion cale lors d'un combat.

Au cours des jours suivants, il est devenu évident que Billy et moi faisions plus d'heures de vol que les autres. Je me suis d'abord demandé s'il s'agissait d'un traitement de faveur, mais je ne voyais pas pourquoi. La raison en est vite devenue claire : à la fin de septembre, M. Martin nous a convoqués, Billy et moi, dans sa baraque. Il avait l'air très sérieux.

— Eh bien, les gars! a-t-il dit. Apparemment, vous allez nous quitter. (Il a brandi une lettre.) Vous avez prouvé vos aptitudes à piloter un avion. Or, il manque de pilotes au front. Ils ont besoin de tous ceux qui en sont capables.

Je me suis éclairci la voix.

— Mais nous ne savons même pas atterrir, M. Martin, ai-je protesté. Je n'ai fait que 15 heures de vol.

— C'est déjà 3 heures de plus que certains de nos gars qui sont en France, a-t-il répliqué. Si demain il fait encore beau, vous apprendrez à atterrir. Nous partirons de bonne heure. Ensuite, demain soir, vous plierez bagage et vous prendrez le train pour New York.

Il a pris une autre feuille de papier sur la table et l'a brandie, elle aussi.

— Quand vous aurez réussi à atterrir, a-t-il poursuivi, je vous donnerai à tous les deux votre brevet de pilote d'avion.

Billy a levé ses deux bras en l'air et a crié de joie.

— Messieurs, a ajouté M. Martin. Je dois vous informer que vous allez remplacer des gars de l'ancienne baraque C.

Billy a lentement baissé les bras.

— Deux hommes sont morts le premier jour de l'entraînement. Les avions utilisés en France ne sont pas des Jenny 3 ni des 4, et certains sont difficiles à piloter. En fait, le Royal Flying Corps, en Angleterre, fournit sans cesse de nouveaux modèles d'avions, à tel point que j'en ai moi-même perdu le fil. Nos deux gars se sont retournés en décollant!

Ce soir-là, au crépuscule, Billy et moi sommes sortis de la baraque avec nos chaises et nous sommes installés sur la piste. Notre enthousiasme s'était refroidi en apprenant la mort de ces deux aviateurs. Un énorme nuage, frangé de rouge et à peine visible, barrait l'horizon. À cette époque, chaque fois que je levais la tête pour regarder le ciel, je n'avais qu'une envie : remonter là-haut! Ce soir-là, la guerre me semblait moins lointaine et plus sinistre que glorieuse. Je me sentais fatigué et, malgré moi, je n'arrêtais pas de penser à Robert. Je n'avais toujours pas eu de ses nouvelles.

Finalement, histoire de chasser ces sombres pensées, j'ai demandé :

— Pourquoi New York?

— À cause de l'océan, a dit Billy avec simplicité. Pour s'embarquer vers l'Angleterre. C'est de New York que le Royal Naval Air Service fait venir bon nombre de ses pilotes.

— Tant de kilomètres parcourus en train, puis en bateau, et tout ça pour nous permettre de piloter! ai-je dit avec un sourire narquois.

— Comme tu dis, a-t-il rétorqué.

Puis il est redevenu sérieux, et je l'ai écouté attentivement.

— Tu sais Paul, mon frère m'a dit dans ses lettres que, souvent, les gars ne se revoient plus, une fois arrivés en France. On les envoie d'un côté ou de l'autre. De même pour les bataillons, suivant les besoins de l'heure. C'est sans doute ce qui nous attend. Mais faisons un pacte : celui de ne pas nous séparer. On va se battre et essayer de leur prouver qu'on forme une équipe d'une valeur inestimable.

— D'accord, lui ai-je dit d'un ton solennel en lui serrant la main.

— Hourra! a-t-il dit gravement, sans lisser les pointes de sa moustache.

Le lendemain matin, il faisait froid et il pleuvait légèrement. M. Martin a brandi sa cigarette et en a regardé le bout incandescent, puis il a observé les nuages.

— C'est bon! a-t-il soudain crié. Si je peux fumer ma cigarette avec ce crachin, alors on peut voler.

Nous avons sorti les deux Jenny du hangar, et j'ai formé équipe avec M. Martin.

— Redescends, m'a-t-il dit alors que nous grimpions dans l'avion. Ensuite, tu regrimperas. Tu dois bien sentir la distance qu'il y a entre le sol et le haut des roues.

L'instant d'après, nous avions pris notre envol et j'étais aux commandes. Nous avons survolé l'aérodrome quelques fois à basse altitude. Puis M. Martin m'a fait signe d'atterrir.

Je n'avais jamais volé si près du sol en étant moi-même aux commandes, plus j'approchais du sol, plus je serrais les mâchoires. Nous avons frappé le sol violemment, et j'ai tiré sur le manche à balai pour reprendre le contrôle. M. Martin m'a fait signe d'y aller doucement, de ne pas m'énerver.

Ma tentative suivante était encore pire parce que j'étais si concentré sur le manche à balai que j'en avais oublié d'ajuster les ailerons pour faire tourner l'avion. C'était aussi la première fois que je volais aussi près d'un autre avion. La première fois que Billy était passé tout près, j'avais cru que nous allions nous écraser. Évaluer la distance entre deux avions en vol demande une certaine expérience.

À ma troisième et à ma quatrième tentative d'atterrissage, mes roues se sont posées plus doucement et sont restées en contact avec le sol un peu plus longtemps avant que l'appareil rebondisse. J'ai esquissé un sourire. J'avais comme l'impression de jouer à un jeu de chasse-poursuite avec le sol. Mais l'issue de ce petit jeu pouvait être fatale. Mon dernier atterrissage était un peu raide, mais j'ai réussi à stabiliser le Jenny à peu près correctement, sachant que le vent et la pluie ne facilitaient pas la tâche.

Quand Billy a atterri quelques minutes plus tard, M. Martin nous a conduits dans sa baraque. Nous portions encore nos tenues d'entraînement. Il a retiré ses gants et signé nos brevets.

— Vous êtes pilotes maintenant! a-t-il déclaré. D'après ce qu'on m'a dit, il fait dix fois plus mauvais en France. Alors, estimez-vous chanceux d'avoir fait votre entraînement sous la pluie.

Nous lui avons tous les deux serré la main, puis celle de M. Edwards. Ils avaient été d'excellents instructeurs. Nous avions eu de la chance, en effet.

Chapitre 4
Octobre 1916

Nous sommes arrivés en Angleterre au début du mois d'octobre. La traversée en mer et le mauvais temps ne m'ont pas fait regretter d'avoir choisi l'aviation plutôt que la marine. Il est vrai qu'il y avait un moins grand nombre de sous-marins allemands à craindre pour nos marins. En effet, le Kaiser ne voulait pas que les Américains entrent en guerre et craignait qu'ils ne le fassent s'il coulait leurs navires. Mais l'absence de sous-marins allemands ne changeait rien à mon mal de mer.

Billy n'était pas incommodé par la mer déchaînée. Il m'a convaincu d'aller marcher au grand air, ce qui m'a aidé un peu. Je lui ai dit que je préférais faire trois boucles de suite en avion plutôt que de passer une seule heure à bord d'un bateau. Je me suis senti un peu mieux quand nous sommes arrivés en vue de Southampton, en Angleterre.

Je n'avais jamais vu autant de monde de ma vie. Les rues aux abords du port grouillaient de familles, de marins et de soldats. Tandis que nous franchissions la barrière d'accès au port, une autre file de soldats s'apprêtaient à embarquer et faisaient la queue pour entrer. Tout le long de la file, des mères, des pères, des sœurs, des enfants, des épouses et des petites amies disaient au revoir à leurs hommes. On pleurait, se serrait, s'embrassait. Ça faisait drôle de marcher dans la direction opposée. Je me suis demandé qui viendrait nous saluer quand notre tour viendrait d'embarquer pour la France.

Je regardais tout d'un œil curieux. La digue qui entourait le port était défendue par de grosses pièces d'artillerie et des canons antiaériens. La silhouette de ces armes récemment installées se détachait sur les vieux murs de pierre. Je me suis demandé si, en des temps lointains, les Romains s'étaient tenus sur ce rivage, à observer les mêmes eaux troubles du haut de leurs tours de guet. Il n'y avait rien à Winnipeg, et encore moins dans notre ferme, qui puisse se comparer au passé et à la longue histoire de l'Angleterre.

Et tous ces gens! J'entendais parler d'autres langues : de l'italien peut-être et du français, j'en suis certain. Je savais que nous allions entendre parler français en France. Mais je ne m'attendais pas à l'entendre en Angleterre.

Nous sommes passés devant trois hommes visiblement apparentés, qui faisaient la queue. Une jolie fille les saluait tous les trois en les serrant très fort et en leur adressant ses bons conseils de sœur. Billy est sorti de notre file et est allé se placer derrière le dernier des trois. Je l'ai suivi par habitude en me demandant ce qu'il avait derrière la tête. Quand son tour est arrivé, la jolie fille, surprise, a éclaté de rire en le voyant qui s'apprêtait à l'embrasser. Elle l'a embrassé sur la joue, du bout des lèvres. Billy s'est déplacé et je suis resté planté là, gêné et ne sachant que faire. La jeune fille a vérifié que ses frères ne la regardaient pas, puis m'a attiré vers elle. Je me suis penché et elle m'a embrassé sur la bouche! Avant que je reparte, elle m'a chuchoté à l'oreille :

— Bonne chance, soldat!

Ce que j'ai été bête! La seule réponse qui m'est venue à l'esprit, c'est :

— Je suis dans l'aviation, mademoiselle.

Billy a tenté un second coup, mais les gars derrière moi me poussaient dans le dos, et la jeune fille a disparu dans la foule.

— Tu es le type le plus veinard que j'aie vu de ma vie, a dit Billy. Pas étonnant que j'aie décidé de te garder près de moi!

— J'aime l'Angleterre, ai-je répliqué.

Nous avons montré nos documents à l'officier, à la gare, et nous lui avons demandé où se trouvait le bureau du Royal Naval Air Service. Il nous a indiqué un train qui entrait en gare et nous a simplement dit :

— Prenez celui-là.

Finalement, nous nous sommes retrouvés à la gare de King's Cross. Londres est une ville fabuleuse où l'on sent tout le poids de l'histoire. Même l'air semblait imprégné du passé, et je trouvais ce parfum étrangement enivrant. J'avais trouvé le port animé, mais Londres, c'était la folie furieuse. Des chevaux, des taxis et des automobiles circulaient dans tous les sens et, par miracle, n'entraient jamais en collision.

Une fois rendus au bureau du RNAS, nous avons eu un autre choc. L'officier a jeté un rapide coup d'œil à nos papiers, puis a ouvert un dossier sur son bureau.

— Townend et Miller?

— Sir? avons-nous dit en échangeant un regard.

— À la suite de votre entraînement de pilotes, vous avez obtenu une promotion et avez été nommés capitaines d'aviation.

— Génial! s'est exclamé Billy.

— Certainement, a grommelé l'officier. Maintenant, vos ordres : demain, vous transporterez tout les deux un Sopwith Strutter jusqu'à Redcar, dans le Yorkshire. Là-bas, vous compléterez votre entraînement. Nous avons grand besoin d'avions. Vous tombez à point, messieurs.

J'avais les mains moites. Je n'avais jamais fait autre chose que des vols d'entraînement, et toujours sur de courtes distances. J'ai regardé Billy. Il a hoché la tête, d'un mouvement presque imperceptible, alors je n'ai rien dit.

On nous a indiqué comment nous rendre à l'aérodrome et, une fois seuls, hors du bureau, Billy m'a saisi le bras.

— Incroyable! a-t-il dit. On est officiers! Comme ça! Et la cerise sur le gâteau : on doit piloter un avion de combat. Tout seuls!

— Eh bien *capitaine Miller*, ai-je dit. Déjà entendu parler du Sopwith 1½ Strutter?

— Jamais! s'est-il exclamé. Pas grave, on va se débrouiller. On est des pilotes!

— Eh bien, le Sopwith Strutter peut voler à plus de 100 milles par heure. À 13 000 pieds d'altitude, il peut encore tenir à 90 milles par heure. C'est un appareil beaucoup plus puissant que le Jenny, ai-je marmonné.

— Bien! a chuchoté Billy.

— Je suis aussi excité que toi, ai-je dit en lui donnant un coup de poing. Tout ce que je te demande, c'est d'être prudent.

— Prudent? À la guerre? a-t-il rétorqué.

Nous avons trouvé un endroit où passer la nuit. Mais nous n'avons pas bien dormi parce que nous avions trop hâte au lendemain.

Nous sommes arrivés à l'aérodrome du RNAS, à Hendon, dans la matinée. Rien à voir avec Curtiss. C'était un aérodrome vraiment fait pour la guerre.

À l'entrée, un garde a minutieusement vérifié nos papiers. Un autre nous surveillait de près, ainsi que des soldats postés dans des tours de guet, à l'autre bout de l'enceinte.

Soudain, j'ai aperçu dix avions stationnés sur la piste de terre battue, un peu plus loin, dont cinq Strutters : trois bombardiers et deux chasseurs. Les mitrailleuses montées sur les chasseurs m'ont rappelé M. Martin. Il m'avait averti que ce que nous vivrions en Europe serait très différent de notre expérience au Canada.

— Les voilà! ai-je murmuré.

— Quelle classe! s'est exclamé Billy.

Un soldat est venu nous rejoindre et nous a salués vivement.

— Par ici, messieurs, nous a-t-il dit.

Nous lui avons rendu son salut. Il nous a conduits dans une baraque et nous a présentés au lieutenant-colonel en service.

— Ainsi, vous êtes ces fameux Canadiens? nous a-t-il dit. Miller et Townend, n'est-ce pas? Bien! Avez-vous suffisamment récupéré?

Nous n'avions pas beaucoup dormi au cours des dernières 24 heures, mais ce n'était pas moi qui allais en parler.

— Raisonnablement, Sir, a dit Billy.

— Quelque chose à manger? a-t-il demandé.

— Un café ne serait pas de refus, Sir, a répondu

46

Billy.

— Avez-vous déjà piloté un Strutter? a-t-il poursuivi.

Cette fois, c'est moi qui ai répondu.

— Non, Sir, ai-je dit. Mais nous le connaissons un peu.

— Bien, a-t-il dit en jetant un coup d'œil à sa montre à gousset. Vous trouverez des sandwichs et du café au mess des officiers. On a fait le plein des avions. Vous donnerez ces documents à l'officier qui sera sur le terrain. On vous y remettra votre équipement, des cartes et un itinéraire.

Puis il nous a fait le salut militaire.

— Bon vol, capitaines, a-t-il ajouté.

On nous a remis notre équipement de vol, qui était un peu plus chaud que celui que nous avions à Toronto, et de la nourriture. Nos ordres étaient de longer la côte sur une distance d'environ 300 milles, jusqu'à Redcar. Il fallait garder l'œil ouvert pour repérer les villes d'Ipswich et de Great Yarmouth, qui devaient nous servir de repères. Nous devions refaire le plein à Grimsby, juste au sud de l'estuaire Humber. Il y avait aussi des baies à repérer, et on nous a avertis qu'il y aurait de forts vents quand nous les traverserions. L'officier a inscrit quelques notes sur la carte pour nous signaler d'autres repères géographiques.

— Si vous vous égarez, atterrissez dans un endroit

sûr et gagnez aussitôt la ville la plus proche, nous a dit un officier. Et n'abîmez pas mes avions!

Le Sopwith 1½ Strutter était un appareil fantastique. C'était le premier avion britannique avec des mitrailleuses synchronisées, ce qui permettait au pilote de tirer *entre* les pales de l'hélice. D'après ce que nous avait dit cet officier, elles venaient tout juste d'être installées.

— Vous ne devriez pas en avoir besoin, nous a-t-il dit. Mais on ne sait jamais! Les Boches nous ont rendus fous, ces derniers temps. Leurs zeppelins ont fait une peur bleue à la population civile : bombardements en pleine nuit et le reste. Ouvrez l'œil et, si vous repérez un de ces lascars, descendez-le, et on vous revaudra ça!

Il a terminé en faisant le signe de croix.

J'ai longuement regardé le Strutter avec un sourire. J'ai soudain compris pourquoi on l'avait ainsi baptisé. Contrairement au Jenny, un jeu de courtes entretoises (*struts* en anglais) reliait l'aile supérieure au fuselage. Les autres entretoises ne faisaient que relier les ailes supérieure et inférieure. Les entretoises du fuselage semblaient être deux fois moins longues que les autres. L'appareil avait l'air rapide et plus puissant que le Jenny. Malgré mon manque d'expérience, j'avais follement hâte de voir ce que pouvait faire cet avion.

J'ai grimpé et me suis aperçu qu'il n'y avait qu'un siège, alors que l'avion de Billy en avait deux. Il y avait une mitrailleuse Vickers montée sur le poste de tir de l'avion de Billy, en plus de celui du pilote. En regardant son ombre qui se dessinait sur le gazon, j'ai eu la chair de poule. Billy l'a remarqué, lui aussi. Étonné, il a levé les sourcils. Fini, notre apprentissage de pilotes pour le pur plaisir de voler! Maintenant, nous allions apprendre à tuer.

Dès l'instant où le moteur s'est mis à vrombir, j'ai senti la différence de puissance, comparé au Jenny. Le Strutter voulait grimper en l'air! Il butait contre les cales, et j'ai immédiatement senti que je devais être plus énergique que je ne l'avais été durant mon entraînement.

À la ferme, nous avions un cheval que Sarah avait nommé Brutus. Il avait un fort tempérament et sa puissance nécessitait de la poigne. La ressemblance entre le cheval et le Strutter était si frappante que, avant qu'on décolle, je me suis surpris à lui dire : « Du calme, mon beau! »

J'ai jeté un coup d'œil du côté de Billy : il était prêt lui aussi. Il m'a salué de la main. Je ne voyais pas son visage, car il était complètement recouvert par un masque pour les températures glaciales.

L'équipe au sol a retiré les cales et j'ai fait avancer mon avion à petite vitesse. Je me suis dirigé vers la piste sous un soleil resplendissant. À l'ouest, j'ai aperçu des nuages noirs et me suis demandé si nous allions bientôt les rejoindre. Je me suis retourné : Billy était à 100 verges derrière moi, vers la gauche. J'ai serré fort le manche à balai, j'ai manœuvré les volets, puis j'ai ouvert les gaz. La vitesse du Strutter était formidable. La piste était plus cahoteuse qu'à Curtiss, mais j'ai réussi à décoller plus vite qu'avec le Jenny.

J'ai essayé les manœuvres avec les ailes et j'ai senti leur réponse immédiate à mes commandes. J'ai vérifié les instruments de bord, en observant mon altitude au fur et à mesure que je grimpais pour m'assurer que tout fonctionnait bien, comme M. Martin me l'avait enseigné. Billy s'est placé à côté de moi et a fait pencher son aile de mon côté, en guise de salutation. C'était la première fois que nous volions côte à côte. Je l'ai salué de la main.

Puis mon regard s'est posé sur la mitrailleuse Vickers, devant moi. J'ai tendu la main, saisi le manche et glissé mon doigt sur la gâchette. Était-elle armée? Personne ne me l'avait précisé. À la ferme, notre carabine avait un cran de sûreté qu'il fallait ôter pour pouvoir tirer. La Vickers avait aussi un mécanisme de sécurité : une petite barre sous le canon, qui se terminait par un genre de boule. J'ai poussé dessus. Il ne s'est rien passé. J'ai poussé plus fort, et la sécurité s'est déplacée vers l'avant. Mais avais-je armé ou désarmé?

— Bang, bang! ai-je crié en imaginant l'ennemi en vue.

Le Strutter a fait une embardée à cause d'un brusque courant d'air ascendant, et j'ai accidentellement appuyé sur la gâchette.

Bang! Bang! Bang! Bang! Quatre coups ont couvert le bruit du moteur. J'ai étouffé un cri de surprise en regardant l'arme. À côté de moi, Billy me regardait d'un air incrédule. Quand je me suis remis de ma surprise, je l'ai regardé. Il s'est tapé le front, puis il a pointé son doigt vers la mitrailleuse qu'il avait devant lui et l'a agité de droite à gauche. *Ne recommence pas!* J'ai approuvé de la tête. Il n'avait pas besoin de me le dire! J'ignore pourquoi, mais je croyais que nos mitrailleuses n'étaient pas chargées. L'officier supérieur avait dit que nous n'aurions pas à nous en servir. Mais il n'avait *pas* dit qu'elles étaient prêtes à tirer! Nous ne devions jamais oublier que notre rôle était d'abattre l'ennemi!

Nous nous sommes dirigés vers la côte en suivant le cours de la Tamise, puis avons traversé du côté est du Pas de Calais. Je n'ai pas consulté mes cartes avant d'atteindre la mer parce que je préférais me familiariser avec le Strutter.

Voir l'Angleterre du haut des airs était une expérience inimaginable, presque surréaliste. Les cartes que nous avions devenaient plus claires, avec la mer, les collines, les villes et les cours d'eau qui étaient mis en perspective. Mais, au fur et à mesure que nous avancions, tout est redevenu imprécis. Les villes étaient toutes de la même couleur, et les rivières étaient souvent cachées par une forêt ou par des bâtiments.

Quand nous nous sommes dirigés vers l'est au-dessus de la mer, j'ai eu un moment de panique et j'ai sorti ma carte. Il fallait que je regarde en bas et que je tienne la carte à plat sur mes genoux pour la protéger du vent. Si elle s'envolait, nous serions dans de mauvais draps, car le sens de l'orientation de Billy était beaucoup moins bon que le mien. J'ai tendu le cou pour scruter la côte, en bas. J'apercevais une île, droit devant, dont la forme ressemblait à une corne de rhinocéros. Une rivière se jetait sur sa côte nord : l'île Foulness. J'ai rangé ma carte et, le pouce levé, j'ai fait signe à Billy que tout allait bien.

Quand nous avons survolé Harwich en faisant cap vers le nord, nous avons eu notre première alerte. Billy a indiqué la terre du doigt et j'ai tendu le cou pour voir ce qu'il regardait. Dans le port, il y avait deux navires de guerre qui se dirigeaient vers la mer. Nous avons décidé d'aller y regarder de plus près. Dès que nous avons amorcé la descente, un nuage de fumée s'est élevé du sol. La seconde d'après, on a entendu un bruit d'explosion, et j'ai compris qu'on nous tirait dessus!

J'ai viré brusquement sur mon aile et me suis mis à grimper en faisant presque caler mon moteur. Billy me suivait de près. Je n'arrivais pas à croire qu'ils aient tiré sur nous. Pourquoi? J'ai encore regardé et j'ai vu qu'un des navires avait aussi ouvert le feu. De petits nuages de fumée s'élevaient de son pont. Pouvaient-ils nous toucher, de si loin? Ne voulant prendre aucun risque, j'ai encore pris de l'altitude en augmentant les gaz pour aller plus vite.

Quand les battements de mon cœur ont ralenti, je me suis rappelé que le port de Great Yarmouth, un peu plus haut sur la côte, avait été bombardé l'année dernière, faisant deux morts. Pas étonnant qu'ils aient tiré sur nous! Peut-être que la garnison du port de Harwich et les marins à bord des navires ne pouvaient pas voir l'insigne britannique sur nos ailes? Nous devions faire plus attention à l'avenir.

Billy me saluait de la main avec frénésie. J'étais certain que, sous son masque, il avait le sourire fendu jusqu'aux oreilles. J'ai frissonné et me suis secoué pour chasser la tension. Ma main était figée sur le manche à balai. Je me suis forcé à me détendre. J'ai inspiré profondément, puis j'ai rigolé et renvoyé son salut à Billy. C'était la première fois que nous voyions un combat. Mais nous ne nous attendions pas à nous faire tirer dessus par les nôtres!

Il me restait peu de carburant. Les problèmes ont commencé juste après que nous avons atteint le Wash, c'est-à-dire la grande baie au sud de Skegness.

Les nuages étaient maintenant gris et menaçants. C'était très difficile de s'orienter. J'ai tenté de garder le cap. Mais j'ai vite compris que garder la mer en vue ne suffisait pas. Il fallait que je voie la côte pour pouvoir garder le cap.

Je n'arrêtais pas d'essuyer mes lunettes d'aviateur. De grands pans de nuage flottaient entre nos deux avions, et j'ai perdu Billy de vue. J'ai lâché le manche à balai pendant un instant et me suis retourné pour voir. Il avait disparu! J'ai donné un coup de poing sur le côté de mon poste de pilotage, tout en maintenant mon cap et ma vitesse, en espérant le voir surgir des nuages la seconde d'après.

J'ai résisté à la tentation de faire demi-tour. Si l'un de nous changeait de direction pour une raison ou une autre, il n'y avait aucun espoir de nous retrouver dans une si grosse masse de nuages. À quelques reprises, j'ai légèrement viré sur mon aile, à bâbord et à tribord, dans l'espoir de l'apercevoir. Mais tout ce que j'ai réussi à faire, c'est gaspiller mon carburant.

Il fallait que je redescende sous les nuages pour retrouver des repères. J'espérais simplement que Billy fasse la même chose. J'ai poussé le manche à balai vers l'avant et me suis mis à descendre.

Dès l'instant où je suis sorti des nuages, j'ai compris que j'étais en grand danger. Je me dirigeais vers le large à 60 milles par heure, avec très peu de carburant. Si je continuais, j'allais me retrouver à sec et m'écraser en mer. J'ai viré abruptement pour me diriger vers la côte.

J'ai vite retrouvé ma route. À la base du RNAS, l'officier avait écrit sur la carte : « Tour de l'horloge », à côté de la ville de Skegness. Volant à 1 500 pieds d'altitude, j'ai aperçu la tour et j'ai lâché un cri de victoire. Plus qu'une quarantaine de milles pour atteindre Grimsby où nous devions refaire le plein. J'ai vérifié la jauge de carburant : presque au plus bas, mais pas tout à fait. Je cherchais toujours Billy et priais pour lui, aussi. J'ai chassé l'image de lui volant très haut au-dessus de moi et se dirigeant droit vers une mort certaine en pleine mer.

J'arrivais au-dessus d'une petite ville, Saltfleet, ai-je supposé, quand j'ai aperçu Billy. Il volait plus bas que moi, à moins d'un mille en avant. N'osant pas augmenter les gaz avec si peu de carburant, je suis descendu à son altitude. Étonnamment, je l'ai rattrapé en quelques minutes. Il m'a salué, l'air joyeux, comme si de rien n'était. J'ai brandi les deux bras en secouant la tête : *Où étais-tu passé?*

Il a tapoté son fuselage et a mis son pouce vers le bas. J'ai approuvé de la tête. Nous étions à 10 milles de Grimsby. J'ai repensé à mon entraînement avec M. Martin et M. Edwards. Nous avions atterri une seule fois complètement à sec, et c'était M. Martin qui était aux commandes. J'ai repassé dans ma tête ce qu'on disait dans nos manuels à propos des atterrissages sans moteur.

Je repassais encore les différentes possibilités quand nous sommes arrivés en vue de l'estuaire Humber. Deux villes sont apparues : Cleethorpes et Grimsby. J'ai fait signe à Billy de me suivre, et nous sommes descendus plus bas. Juste après avoir passé Cleethorpes, mon moteur a commencé à avoir des ratés. J'ai baissé le nez pour voir si les dernières gouttes de carburant pourraient ainsi se rendre jusqu'au moteur. Puis j'ai fait de grands gestes pour attirer l'attention de Billy. Il a diminué les gaz et est venu se placer derrière moi.

À environ 1 000 pieds d'altitude, le moteur s'est arrêté, et mon hélice a cessé de tourner. J'ai senti mon estomac se serrer. Il régnait un étrange silence. Billy est venu se placer à côté de moi. Il a indiqué un champ, non loin de la ville. Je me suis dirigé vers la parcelle de terre dénudée en espérant de tout cœur que le fermier avait retiré toutes les grosses pierres et les souches de son champ.

Le sol approchait vite. J'ai basculé légèrement d'un côté, pour mieux voir, et soudain j'ai aperçu un muret de pierres au bout du champ.

— Oh! Bon Dieu! me suis-je exclamé.

J'ai manœuvré mes ailerons pour me donner plus de portance. Je n'avais qu'une seule chance pour atterrir. Si je manquais mon coup, je ne pourrais pas remonter pour me reprendre. Le muret approchait dangereusement. J'ai fermé les yeux juste avant de le survoler. Je suis passé à un cheveu de lui. Puis j'ai touché le sol et j'ai rebondi violemment. Pendant tout ce temps, je tâchais de garder le cap. Soudain, quelque chose de jaune et gris est apparu devant moi. Je n'avais pas le temps de tourner pour l'éviter. Je me suis couvert le visage de mes deux mains. Le Strutter a vacillé, puis est passé à *travers* l'obstacle. Après un dernier soubresaut, il s'est immobilisé. Des brins de paille recouvraient le fuselage et pendouillaient devant mes yeux. J'avais heurté une meule de foin!

Je me suis extirpé de mon poste et j'ai rampé jusqu'au bout de l'aile. Billy se dirigeait vers moi et secouait la tête.

— Tu es le gars le plus chanceux de tous les temps! a-t-il dit. Tu as réussi à foncer dans la seule meule de foin qui n'avait pas encore été engrangée. Mouillée, en plus, et ton avion ne semble pas avoir eu de dommages. En plus, tu as rasé un muret de pierre à moins de trois pieds. Je pensais que j'allais te retrouver en mille morceaux!

Son avion s'était posé normalement, et il lui restait encore un peu de carburant. Comment cela se faisait-il? Peut-être parce qu'il avait réduit son altitude avant moi ou parce qu'il était resté moins longtemps dans les nuages, ou encore parce qu'il avait volé à une vitesse plus basse. Bref, on ne le saurait jamais.

Nous avons fait le tour de l'avion pour vérifier s'il y avait des dommages.

— Pas la moindre égratignure! s'est exclamé Billy.

— Faux, ai-je dit.

La béquille de queue était brisée. Nous avons soulevé la queue de l'avion, et Billy a passé sa main en dessous.

— La cassure est bien nette, a-t-il dit. Il faudra qu'on soulève la queue jusqu'à ce que tu aies décollé. Je m'en occuperai s'il n'y a personne d'autre pour s'en charger.

De l'autre côté du champ, à presque un demi-mille de distance, j'ai aperçu une maison de ferme en pierre, juchée sur une petite colline.

— On trouvera peut-être là-bas, ai-je dit. Mais où allons-nous faire le plein? Et comment apporterons-nous le carburant jusqu'ici au milieu du champ?

Nous nous sommes dirigés vers la ferme. Avant même d'arriver à la ferme, trois silhouettes sont venues à notre rencontre. L'un des types portait un fusil de chasse. Lorsque nous étions à une centaine de verges d'eux, le plus grand a soulevé son arme et a tiré au-dessus de nos têtes. Nous avons baissé la tête et n'avons pas fait un pas de plus.

— Pas besoin d'aller en France! a grommelé Billy. On n'a qu'à rester ici et à se faire tirer dessus par les nôtres. Deux fois dans la même journée!

— Nous sommes des amis! ai-je crié. Des pilotes. Mon avion est en panne.

— D'où êtes-vous donc? m'a demandé un des deux autres.

— Du Canada! a crié Billy. Et pour l'amour de Dieu, arrêtez de nous viser avec ce machin! Nous ne sommes pas des faisans!

— D'accord, a répondu le fermier en baissant son arme. Tant que vous êtes des sujets du roi, c'est bon!

Une fois notre identité établie, le fermier et sa famille nous ont traités aux petits oignons. Un des fils a été chargé d'atteler une charrette pour nous mener en ville.

— Vous allez manger avec nous, puis nous vous conduirons en ville, a dit le fermier.

On nous a fait entrer. Billy se sentait comme chez lui et, bien vite, il a fait rire le fermier, qui s'appelait Timpson, en lui racontant des histoires de sa ferme à Winnipeg.

Une jeune fille est entrée dans la pièce, portant un pichet et des tasses. Elle avait à peine un an ou deux de moins que moi et, de toute ma vie, je n'avais jamais vu une fille aussi belle.

— Nellie! a dit M. Timpson. Va voir si la charrette est prête.

Nellie, me suis-je dit. *Nellie Timpson*. Un nom à retenir! En déposant une tasse devant moi, elle m'a souri.

— Me... Merci, mademoiselle, ai-je bafouillé.

Billy s'est penché vers elle et lui a dit d'un ton enjôleur :

— Je crois que mon ami a voulu vous remercier pour le café et pour votre sourire.

J'ai rougi jusqu'à la racine des cheveux. M. Timpson a éclaté de rire et a donné une tape sur l'épaule de Billy. Je n'ai pas très bien suivi ce qui s'est dit par la suite. Je n'arrêtais pas de regarder du côté de la porte dans l'espoir d'apercevoir Nellie.

M. Timpson nous a conduits en ville, et Nellie a eu la permission de nous accompagner. Billy m'a donné un coup de coude et m'a chuchoté :

— Va t'asseoir à l'arrière, cornichon.

Il s'est installé à côté du fermier et s'est aussitôt mis à lui raconter une histoire à propos d'un cheval que sa famille avait à Winnipeg. Nellie et moi étions assis au bout de la plate-forme de la charrette, les jambes pendantes. C'était elle qui parlait presque tout le temps, ce qui me convenait très bien; je voulais entendre sa voix.

— Et ta famille? m'a-t-elle demandé au bout d'un moment.

Quand je lui ai parlé de mon frère qui combattait en France, elle s'est montrée très intéressée.

— Les garçons sont encore un peu trop jeunes, a-t-elle dit en parlant de ses frères. Mais leur tour viendra bientôt, et je redoute ce jour plus que tout.

Elle s'est tue un moment, puis m'a regardé.

— Et toi, Paul? Tu n'as pas peur de te faire tuer? m'a-t-elle demandé.

Sur le coup, j'ai été tenté de lui répondre que non.

— Par moment, j'ai peur à en perdre la tête, ai-je plutôt répondu.

Je l'ai regardée pour voir si elle me méprisait. Elle a simplement esquissé un sourire.

— Je chante des cantiques, et on dirait que ça m'aide. Quand je suis au milieu des nuages, spontanément, je prie pour me donner du courage, ai-je ajouté.

Puis j'ai réfléchi un instant.

— Un jour, Robert m'a dit qu'il ne faut jamais reculer face à la peur, lui ai-je confié en regardant le bout de mes pieds. J'essaie. Mais il a toujours été plus courageux que moi.

Elle a posé sa main sur la mienne.

— Je crois que ceux qui sont courageux ont peur, comme tout le monde. La différence c'est qu'en pleine tourmente ils réussissent à agir intelligemment, à aider, même si ce n'est rien de particulièrement glorieux. Tu es ici, Paul, en Angleterre, dans une machine volante, même si tu as peur. C'est déjà quelque chose, non? a-t-elle répliqué.

Nous sommes restés un moment sans rien dire.

— Nellie, est-ce que je peux t'écrire?

— Oui, et je répondrai à chaque fois, a-t-elle dit. Je prierai pour toi tous les jours.

Nous avons parlé jusqu'à la base. Je n'avais jamais parlé aussi longtemps avec les filles que je rencontrais à l'église ou à l'école.

Même si j'étais très content d'être à nouveau à bord du Strutter, j'aurais bien aimé rester plus longtemps à parler avec Nellie. L'armée avait envoyé un camion pour faire le plein, réparer la béquille de queue et m'aider à décoller. Toute la famille Timpson se tenait en bordure du champ pour nous voir partir. Nellie a fait un pas en arrière et m'a discrètement soufflé un baiser. J'ai sauté dans mon poste avec l'agilité d'une vraie sauterelle.

Après le décollage, je n'ai pas pu résister à l'envie de survoler le champ à basse altitude, avec Billy juste derrière moi. J'ai salué les Timpson de la main et j'ai regardé leurs silhouettes jusqu'à ce qu'elles aient disparu.

Nous avons fait le trajet de Grimsby à Redcar sans autre incident, puis j'ai atterri doucement en faisant attention de ne pas abîmer la béquille rafistolée de l'avion. L'équipe au sol est venue nous rejoindre et a immobilisé l'avion tandis que je coupais le moteur.

— Bonjour Sir, m'a dit un des hommes en me

faisant le salut militaire.

Puis il a regardé la béquille de queue, l'air surpris.

— On dirait que vous avez eu un pépin en route, a-t-il ajouté.

— Panne sèche juste avant Grimsby, ai-je répondu. On a dû atterrir en plein champ.

Mais pour moi, c'était tout le contraire d'un pépin, car j'avais ainsi pu rencontrer Nellie.

Après une bonne nuit de sommeil, nous avons commencé à nous entraîner sérieusement. Apparemment, nous étions les seuls Canadiens. Nos camarades de la baraque C avaient déjà été envoyés en France. Nos nouveaux collègues étaient des officiers britanniques, et la différence entre eux et nous était flagrante : ils venaient tous de familles mieux nanties que les nôtres. Ils étaient cultivés et bien élevés, et n'avaient certainement jamais trait une vache. Je n'osais pas parler en présence de ces hommes éduqués ayant de bonnes manières. Néanmoins, ils se sont montrés très accueillants et nous ont aidés à nous familiariser avec le fonctionnement de l'aérodrome. Tous nous respectaient pour avoir déjà obtenu notre brevet de pilote. Quelques-uns faisaient partie de l'équipe au sol quand nous avions atterri en provenance de Grimsby, et ils avaient été assez impressionnés de nous voir piloter les Strutter.

Le tir à la mitrailleuse était l'un des exercices les

plus excitants de notre entraînement. Tout au bout de l'aérodrome, il y avait un tout petit chemin de fer sur lequel roulait un chariot équipé d'un siège et d'une arme fixe très semblable à celle du Strutter de Billy. Plus loin, à flanc de colline, il y avait des cibles. Nous devions réussir à les toucher tout en étant assis sur le chariot en mouvement. Nous y allions à tour de rôle. Même si le bruit était à vous crever les tympans, j'aimais bien regarder les rafales de balles s'approcher peu à peu de la cible jusqu'au moment où elles la touchaient. La première fois, je n'y ai pas pensé, mais par la suite, j'ai réalisé que j'allais bientôt tirer sur de vrais ennemis.

Ce soir-là, j'ai écrit à Nellie plutôt qu'à Sarah ou Robert. J'avais atterri d'urgence dans leur champ il y avait à peine 24 heures et j'avais déjà mille choses à lui raconter. Au bas de la page, j'ai dessiné sa famille qui nous saluait de la main. J'ai dessiné Nellie qui m'envoyait un baiser et j'ai écrit à côté : *Je t'en envoie un à toi aussi!*

Nos instructeurs ont ensuite entrepris de nous former aux combats aériens. Ils nous ont montré des schémas illustrant en détail des ballons dirigeables, ou zeppelins comme les appelaient les Allemands. Ces énormes aéronefs pouvaient traverser la Manche et larguer des bombes sur les grandes villes ou sur les installations militaires.

À Redcar, notre rôle, entre autres, était de patrouiller la côte anglaise à l'aube afin de repérer ces zeppelins.

Des bombardiers ennemis pouvaient aussi traverser la Manche. Nous avons donc appris à reconnaître les avions pilotés par les Allemands. Notre instructeur nous a présenté une photo d'un Albatros, et je me suis rappelé l'échange vif entre M. Martin et Billy. À la suite de ces leçons, j'ai compris que chaque jour, des innovations et de nouveaux appareils permettant de mieux voler étaient inventés. Les deux camps travaillaient jour et nuit pour mettre au point des avions plus performants.

Un après-midi, tandis que les officiers britanniques faisaient la pause cigarette, un instructeur est venu nous rejoindre Billy et moi et nous a dit :

— Écoutez, les gars. J'aimerais que vous décolliez et que vous fassiez une petite partie de poursuite en vol.

Je l'ai regardé sans comprendre.

— Je veux que les autres voient de leurs yeux ce qu'est l'art de la chasse et de l'esquive en avion, a-t-il expliqué.

Billy et moi avons échangé un regard.

— Oui, Sir, ai-je répondu.

Il s'est alors tourné vers Billy.

— N'abîmez pas les appareils! lui a-t-il dit d'un ton autoritaire.

J'étais content d'être de nouveau là-haut. Nous nous étions mis d'accord pour d'abord nous réchauffer un peu, puis faire une petite démonstration de chasse-poursuite. Nous ne l'avions jamais fait auparavant et la seule fois où nous avions volé l'un derrière l'autre, c'était quand nous nous étions rendus à Redcar. Après un virage ou deux, j'ai regardé derrière moi et j'ai soudain aperçu Billy qui me collait aux fesses. Le jeu avait déjà commencé. J'ai pris de l'altitude et j'ai décidé de donner un beau spectacle à nos gars au sol. J'ai entamé une boucle avec le Strutter, et Billy m'a suivi. Le moteur puissant de l'appareil m'a emmené sans problème dans la boucle, mais la sensation n'était pas la même qu'avec le Jenny. Le Strutter me semblait plus fort et plus prompt à réagir aux commandes comme s'il suffisait d'une simple touche pour lui faire effectuer une boucle.

J'ai aussi remarqué que mes lunettes étaient embuées. Je les ai essuyées avec mes gants, j'ai alors réalisé que ce n'était pas de la buée, mais de l'huile. L'odeur de cette huile et celle du carburant étaient présentes depuis le décollage. Cependant, j'ai remarqué que de temps à autre un jet noir provenait du moteur. Après avoir essuyé mes lunettes une seconde fois, je voyais clairement à nouveau. À Toronto, M. Martin nous avait parlé de l'huile de ricin. Maintenant, je comprenais de quoi il parlait.

J'ai viré sec à bâbord, puis à tribord, mais sans réussir à semer Billy. On aurait dit qu'il pouvait prédire chacun de mes mouvements. Si nous avions été engagés dans un vrai combat aérien et qu'il s'était mis à tirer, mon avion aurait été réduit en miettes. J'ai réfléchi à ce que je pouvais faire ensuite et me suis rappelé un des schémas qu'on nous avait montré. J'ai encore pris de l'altitude et j'ai entamé une boucle. Billy a continué de me talonner. Mais, cette fois, en sortant de ma boucle, j'ai viré sec à tribord.

Ma manœuvre a pris Billy par surprise et il a continué tout droit. J'ai terminé mon virage et suis venu me placer derrière lui. Pour rire, il m'a brandi son poing. Je l'ai salué de la main. Nous avons fait encore quelques virages, puis nous avons atterri.

Une fois posés, le pilote instructeur est revenu nous voir.

— Bien joué, les gars! a-t-il dit. Excellent virage, dois-je souligner, M. Townend. Mais vous allez découvrir qu'il vous faudra avoir recours à plusieurs autres manœuvres de ce genre dans une seule poursuite lors d'un vrai combat aérien.

— Les avions sont revenus sans une égratignure, Sir, a dit Billy en lui adressant un sourire.

— C'est ce que je vois, a répliqué l'instructeur. Espérons que la chance continuera de vous sourire : vous êtes de patrouille demain matin à l'aube.

Chapitre 5
Octobre 1916

Le lendemain, Billy et moi avons participé à notre première patrouille matinale. Alors qu'il faisait encore nuit, quatre de nos avions ont décollé l'un derrière l'autre. Ces premières minutes de vol avant que le ciel blanchisse étaient terrifiantes. Je gardais l'œil rivé sur l'ombre à peine visible de notre chef d'escadrille, un officier britannique au caractère bourru répondant au nom de Williams. Nous savions que la principale raison de cette patrouille matinale était de nous faire pratiquer le vol en formation, et Williams était chargé de nous l'enseigner. Peu après le décollage, nous avons repéré un zeppelin. Il était hors de portée, mais en voyant ce dirigeable géant identifié par une croix de fer, mon cœur s'est mis à battre à tout rompre.

— Notez l'heure et l'endroit exact où nous l'avons aperçu, a dit Williams avec autorité quand nous avons été de retour au sol.

Écrire des rapports faisait partie de nos tâches quotidiennes. Heure, altitude, vitesse, lieu : tout devait être noté dans des carnets de bord. C'était un travail fastidieux et ennuyant, surtout qu'en général il ne se passait pratiquement rien lors de nos sorties. Néanmoins, à la suite de notre brève rencontre avec le zeppelin, j'ai réalisé l'importance de ces carnets. Grâce à notre rapport, la côte avait été mise en état d'alerte maximale. Des vies étaient en danger, celles des aviateurs en plein ciel, mais aussi celle des civils, au sol. J'ai pensé à Nellie et à sa famille. Que pourraient-ils faire contre des bombes lâchées du haut des airs? Une alerte leur permettrait au moins de se mettre à l'abri dans la cave. Et qu'arriverait-il à Robert, accroupi au fond d'une tranchée, avec des bombes tombant de tous les côtés? J'enrageais, rien que d'y penser! J'avais envie de retrouver ce zeppelin et de l'abattre.

Cet après-midi-là, le courrier est arrivé, et j'ai lâché un grand cri de joie quand on m'a remis deux enveloppes. La première contenait une note de ma mère et une lettre de Robert, pliée à l'intérieur, et la seconde, une lettre de Nellie. *Par laquelle commencer?* me suis-je demandé.

J'ai ouvert la lettre chiffonnée de Robert. Le sceau était encore intact. Autrement dit, ma mère ne l'avait pas ouverte. Ce que mon frère m'avait écrit m'était strictement réservé. Je l'ai donc lue.

Robert avait vu des combats, beaucoup de combats. J'ai continué ma lecture. En tant que pilotes, nous avions tous entendu parler de la dure vie au front. Billy avait choisi l'aviation plutôt que l'infanterie précisément pour cette raison. Et ce que décrivait Robert était horrible. Trois de ses amis étaient morts lors de la même attaque, fauchés comme des pigeons perchés sur une clôture. Finie son excitation, fini son enthousiasme. Pas étonnant quand on savait que, dans les rangs des Canadiens, les pertes avaient été si nombreuses récemment lors de la bataille de la Somme et en particulier au village de Courcelette.

Dans sa lettre, je pouvais lire entre les lignes son profond désarroi, puis j'ai souri tristement. Il n'avait pas perdu son courage. Ses dernières lignes se lisaient ainsi : *On va finir par les avoir. Sois prudent, petit frère.*

Dans sa note, ma mère disait que Robert avait appris par Sarah que je m'étais enrôlé pour devenir pilote d'avion. Il était fier de mon choix, disait-elle, et si Dieu le voulait, nous nous reverrions peut-être en France. J'ai déposé sa lettre et je suis retourné en pensée à notre ferme, avec mes parents et Sarah.

— Tout va bien? m'a demandé Billy en s'asseyant à côté de moi.

— C'est dur d'aller au front, ai-je dit.

Je ne voulais pas trop en parler, sachant ce qui était arrivé à son frère.

— Tu l'as dit! a-t-il murmuré.

J'ai brandi la lettre de Nellie et il a essayé de me l'arracher des mains.

— Sale traître! m'a-t-il dit avec un sourire.

Je voulais être seul pour la lire. Sans ajouter un mot, il s'est retiré.

L'écriture de Nellie était nette et sans fioritures, comme celle de Sarah. Je me suis demandé jusqu'où elle était allée à l'école. Sa famille allait bien. Elle avait reçu ma lettre et était ravie de mes dessins. Elle m'avait même fait la surprise d'en ajouter un à sa lettre. Tout en haut de la feuille de papier, il y avait un petit biplan, si haut dans le ciel qu'on aurait dit un oiseau, et tout en bas, un bras et une main surgissaient de la marge. Entre la main et l'avion, elle avait dessiné quelque chose qui flottait dans les airs, et j'ai réalisé que c'était un baiser. J'ai glissé la lettre de Nellie dans la poche de mon blouson avec mes cartes.

Au cours des jours suivants, nous avons pratiqué le tir sur cible mobile plus souvent que d'habitude et avons discuté de la manière d'attaquer un zeppelin. Nous avons aussi appris à escorter les bombardiers Strutter.

Un soir après le souper, Williams est arrivé dans notre baraque.

— Préparez-vous, les gars, a-t-il dit. Apparemment, on pourrait avoir à décoller ce soir. Un dirigeable aurait été aperçu au large de Whitby. Ça reste à confirmer, mais on dirait que les Boches sont de retour.

Vingt minutes plus tard, il est revenu.

— Tous à vos avions! nous a-t-il ordonné.

J'ai sauté en bas de ma couchette et j'ai enfilé mon équipement. Deux des gars qui ne décollaient pas ce soir-là se sont quand même levés pour nous aider avec nos fermetures à glissière et nos gants. C'était notre premier ordre de mission avec un vrai ennemi en vue, et tout le monde était agité.

La nuit était exceptionnellement froide. Billy m'a donné une tape sur l'épaule tandis que nous courions vers nos appareils.

— Bonne chance, Paul! a-t-il dit. Je te couvre.

— Moi aussi, ai-je répliqué.

Nous avons décollé à quelques minutes d'intervalle afin d'éviter les collisions une fois rendus là-haut. À cause de la noirceur, les premières minutes de vol étaient encore plus terrifiantes que la patrouille matinale. À certains moments, je ne voyais absolument rien, et seule mon ouïe me guidait. Je m'efforçais de voir devant moi en plissant les yeux. J'ai chanté un cantique pour calmer les battements de mon cœur.

Soudain, la lune est sortie de derrière les nuages et tout a changé. On aurait dit qu'on entrait dans une pièce avec une bougie : devant, une lueur argentée éclairait le ciel tandis que derrière et en dessous, les ténèbres continuaient de régner. Des nuages nous frôlaient, telles des ombres furtives, apparaissant et disparaissant du ciel comme de petits dirigeables.

J'ai tendu le bras et, d'une main nerveuse, j'ai touché ma Vickers. Si elle s'enrayait, je n'aurais plus qu'à compter sur mes habiletés de pilote pour sauver ma peau. Quand j'ai touché la crosse, ma main a tremblé. Je n'ai pas touché la gâchette, car j'avais appris ma leçon lors de mon premier vol en Strutter.

J'ai découvert le zeppelin juste au nord de Whitby. En ville, les rideaux d'obscurcissement avaient été tirés si bien que les ballons ennemis ne pouvaient pas repérer leurs cibles au sol. D'après ma vitesse et la durée de mon vol, je savais que Whitby n'était pas loin.

Ce dirigeable était plus gros que celui que j'avais suivi précédemment. À sa vue, j'ai eu un frisson dans le dos. L'équipage ne m'avait pas encore repéré puisqu'il gardait le cap sans chercher à prendre de l'altitude. Il allait bientôt nous entendre!

Durant les dix minutes suivantes, j'ai grimpé en altitude à la recherche de mes camarades. La nuit était assez claire pour me permettre de voir des reflets, ici et là, et j'ai compris que je n'étais pas seul. Un ou deux autres avions de mon escadrille avaient aussi repéré le zeppelin. Comme il en avait été décidé à la base, nous devions nous positionner au-dessus du dirigeable, puis plonger en tirant à la mitrailleuse. La lune éclairait le gigantesque dirigeable ovale et je distinguais clairement ses deux habitacles, à l'avant et à l'arrière. Toutes nos difficultés allaient venir de là.

Il y avait au moins deux autres Strutter avec moi. De temps à autre, la lune faisait miroiter leurs ailes. En approchant, mon cœur s'est mis à battre plus fort.

Nous avons rattrapé le dirigeable à une altitude d'environ 9 000 pieds et nous avons continué de grimper pour nous positionner au-dessus de lui quand son équipage nous a aperçus. Le plafond était bas. Nous sommes sortis de la couche de nuages, et la pleine lune nous a éclairés. Ils se sont mis à tirer. Des flammèches rouges ont jailli de l'habitacle arrière où se trouvaient leurs postes de tir. Les balles sifflaient dans l'air, tout autour de moi. Un petit trou est apparu dans mon aile supérieure. J'ai viré sec pour m'éloigner du dirigeable.

Pendant un bref instant, j'ai eu envie de garder ce cap et de rentrer directement à l'aérodrome. Puis j'ai entendu les mots de Robert : *Ne recule jamais devant la peur.* J'ai essuyé mes lunettes maculées d'huile de ricin, j'ai inspiré profondément, puis je me suis dit : *O.K. C'est parti.*

À mon retour, le zeppelin, le nez en l'air, tentait de prendre de l'altitude pour échapper à notre attaque. Quand j'ai été à 1 000 pieds de lui, les balles ont recommencé à siffler à mes oreilles. J'ai tiré une salve, mais je me suis brusquement arrêté quand l'avion de Billy est passé sous mon nez.

— Billy! ai-je crié. J'ai failli te toucher!

Les balles traçantes ont continué de suivre son

appareil, telles des lucioles diaboliques directement sorties de l'Enfer.

Soudain, le flanc du ballon s'est élevé comme un mur me barrant le passage. J'ai tiré le manche à balai vers moi. Le moteur a peiné, et mon pauvre Strutter a été secoué comme une pauvre poupée de chiffon.

— Allez! *Allez!* ai-je murmuré.

L'instant d'après, le zeppelin avait disparu de mon champ de vision et je fonçais en plein ciel. J'espérais qu'aucun de mes camarades ne se trouvait au-dessus de moi, car j'avais encore du mal à voir clairement.

Au lieu de me retirer en vitesse, j'ai continué de monter et j'ai effectué une boucle. Encore une fois, le Strutter a été secoué de soubresauts. À la fin de cette manœuvre, j'ai continué en plongée et j'ai aperçu le dessus du zeppelin à environ 700 pieds devant moi. Je me suis approché et, à 500 pieds de portée, j'ai ouvert le feu. Des flammèches orange et bleues jaillissaient de mes canons, et mes balles incendiaires traçaient une ligne rouge en direction du toit du ballon.

Je me suis éloigné et me suis préparé à effectuer une seconde boucle. J'ai alors aperçu une lueur intense à tribord du zeppelin. Un Strutter! L'avion a piqué du nez, puis s'est mis à tourner en vrille, laissant échapper une épaisse fumée blanche dans son sillage.

— Non! ai-je crié.

J'ai ramené mon Strutter à l'horizontale et j'ai

tendu le cou pour voir l'avion en flammes. Impossible de dire lequel des nôtres c'était. J'ai été pris de colère contre ce zeppelin. J'ai tiré le manche à balai de toutes mes forces en ignorant la pression grandissante et les assauts du vent. J'ai effectué ma boucle sans penser. Je n'avais qu'une chose en tête : avoir de nouveau en vue ce dirigeable.

J'ai réussi à tirer deux salves dans son toit. Devant moi, un autre avion le mitraillait à l'arrière. Puis je suis remonté et soudain une lueur orange est apparue vers le centre du ballon. Ses tireurs se sont arrêtés. Je me suis éloigné, puis j'ai viré pour revenir. Une colonne de flammes jaillissait du toit du zeppelin qui était sur le point d'exploser. J'ai observé la scène, fasciné, jusqu'à ce qu'un souffle chaud atteigne mon Strutter. Mes ailes ont été secouées si violemment que j'ai eu peur qu'elles se déchirent. Et pas moyen d'échapper à cet enfer! La seule chose à faire était de me battre pour maintenir mon cap en attendant que les secousses s'arrêtent.

Quand le brasier a perdu de son intensité, j'ai repris la maîtrise de mon avion et suis retourné vers le zeppelin. Dans la nuit, la scène était cauchemardesque. La structure du ballon mourant restait suspendue dans les airs, léchée de flammes jaunes et oranges. On aurait dit le squelette d'une bête gigantesque descendant du ciel. De petites formes incandescentes tombaient de la masse incendiée et laissaient derrière elles une faible traînée lumineuse avant de s'écraser au sol. Avec horreur, j'ai réalisé qu'il s'agissait des hommes d'équipage.

— Que Dieu ait pitié de leur âme! ai-je murmuré, secoué par des haut-le-cœur.

Les autres Strutter étaient devant moi. Je me suis rappelé l'avion en flammes et me suis empressé de les rejoindre. Billy m'a salué de la main, éclairé par la lune, et je me suis laissé retomber lourdement sur mon siège en remerciant le Ciel à voix basse. J'ai regardé les autres appareils et j'en ai conclu que Williams avait été abattu. J'ai cru que j'allais vomir dans mon masque. Soudain, l'avion de Billy s'est mis à descendre, mais pas en direction de notre aérodrome. Nous l'avons tous suivi en faisant de notre mieux pour garder un écart sécuritaire entre nous.

Ici et là, au sol, nous avons vu des morceaux du zeppelin, encore en flammes. La structure avait sombré dans la mer à une centaine de verges de la côte.

J'ai parcouru le sol du regard, à la recherche de Williams, mais j'avais du mal à voir. Finalement, nous avons atterri et je suis resté assis dans mon poste pendant quelques minutes après l'arrêt du moteur.

— Sir? m'a demandé un membre de l'équipe au sol.

— Tout va bien, a dit Billy. Je m'en occupe.

Il est monté sur mon aile et s'est assis au bord de mon poste.

— À mon avis, Williams n'est pas mort, Paul, a-t-il dit. Je l'ai vu se redresser. L'éclairage était mauvais, mais je jure qu'il a repris la maîtrise de son avion. Puis l'incendie s'est éteint et je ne l'ai plus revu. C'est pour cette raison que je vous ai fait voler en rase-mottes.

— Tu en es sûr? ai-je dit, incrédule.

— J'ai déjà averti l'équipe au sol, a-t-il répondu. Ils vont envoyer un télégramme à Whitby pour le faire rechercher.

Nous sommes restés sans rien dire pendant un moment.

— Billy, ce qu'on a fait est affreux! Les hommes… ces corps en flammes! ai-je dit après un moment.

— Écoute-moi bien, Paul Townend, a-t-il rétorqué en m'agrippant par l'épaule. L'équipage du zeppelin allait lancer des bombes sur des femmes et des enfants! Sur des jeunes filles comme ta Nellie. Ne l'oublie *jamais!*

Il m'a repoussé et s'apprêtait à repartir. J'ai détaché ma ceinture de sécurité, me suis levé.

— Attends, Billy! Nous avons fait exploser le zeppelin. De toute ma vie, je n'ai jamais rien tué d'autre que des poules. Là, c'étaient des *êtres humains.* Je ne sais plus quoi penser.

— Alors, ne pense pas, a-t-il rétorqué. C'est plus simple comme ça.

* * *

On a ramené Williams le lendemain matin. Il était mort. Son avion avait été retrouvé en bordure d'un champ, près de Whitby. Il avait probablement réussi à maîtriser son appareil dans la descente, mais avait finalement heurté un arbre dans la noirceur. Comme Billy était le dernier à l'avoir vu vivant, le lieutenant-colonel lui a demandé d'écrire une lettre pour en informer ses parents.

— Tu te débrouilles mieux que moi avec les mots, Paul, m'a-t-il dit en poussant la feuille de papier vers moi.

J'ai approuvé de la tête. C'était la chose la plus difficile que j'aie eue à écrire de toute ma vie. En prenant la plume, ma main tremblait. Williams avait 21 ans et était leur seul fils.

Ce soir-là au souper, Billy s'est levé tandis que nous étions tous attablés dans le mess des officiers. Il a levé son verre et tout le monde s'est tu.

— À Williams, a-t-il simplement dit.

Un murmure d'approbation a parcouru l'assemblée et tout le monde a levé son verre. Après une courte pause, Billy a ajouté :

— Nous honorons sa mémoire, mais sans verser de larmes. On ne peut pas combattre les Boches avec la larme à l'œil.

Plus tard, quand j'ai eu terminé la lettre, ma main a enfin cessé de trembler.

Chapitre 6
Mi-octobre 1916

Deux jours plus tard, quatre d'entre nous ont été transférés à l'escadrille N° 3 du RNAS. Nous avons reçu l'ordre d'acheminer deux bombardiers Sopwith 1½ Strutter et deux chasseurs à la base aéronavale de Luxeuil, dans l'est de la France.

Le survol de la Manche, considéré comme un rite de passage, a été un moment mémorable. Nous avons décollé de Whitefield près de Douvres où j'ai laissé mon biplan à une place pour monter dans un chasseur à deux places. Les bombardiers ont été chargés, puis nous nous sommes tous serré la main avant de décoller. Billy m'a tapé l'épaule et m'a dit :

— C'est parti, Paulo! On se reverra en France!

Il faisait froid et un gros vent faisait moutonner les vagues à la surface de la mer. Mais il n'y avait pas un seul nuage. Une fois de plus, je ressentais à la fois de l'euphorie et de la peur. Nous faisions cap sur la France, en direction du front, et nous avions quitté la sécurité, toute relative, de notre aérodrome de Redcar. Notre rôle était d'escorter les bombardiers afin de les protéger en nous tenant constamment aux aguets. Et je ne pouvais plus compter sur trois autres chasseurs volant en formation rapprochée, prêts à venir m'aider au besoin. J'ai aussi pensé que je me rapprochais de Robert. Une fois arrivé en France, j'essaierais de trouver l'endroit où il combattait.

Redcar avait été un gros changement par rapport à Curtiss, mais la différence entre l'Angleterre et Luxeuil était encore plus frappante, surtout à cause du nombre d'avions, tant français que britanniques, stationnés sur la piste par escadrons complets. Nous partagions l'aérodrome avec tous les autres, dont les pilotes de chasse de la fameuse « escadrille américaine », appelée la N 124.

— Impressionnant! a murmuré Billy tandis que nous contemplions la scène. On dirait qu'on est finalement arrivés à la guerre.

Par la suite, nous avons remarqué que les pilotes étaient d'humeur différente de ceux de Redcar. En effet, quand ils revenaient à leurs baraques, ils avaient l'air hagard et riaient beaucoup moins.

Pendant quelques jours, nous avons pratiqué l'escorte des bombardiers, et Billy et moi avons été affectés aux mitrailleuses. Harry Pritchard, de la Nouvelle-Écosse, s'est assis dans le poste derrière moi. En quelques heures d'entraînement à peine, nous avons mis au point toute une série de signaux pour communiquer entre nous lors des combats.

Ce soir-là, nous avons entendu les coups de canon provenant du front, un bruit de bombardement, faible, mais incessant, et qui devait être totalement assourdissant sur place. Je me suis demandé ce que faisait Robert, s'il était en plein combat ou si son unité était ailleurs, à l'abri. Le lendemain matin, il y avait du brouillard et, pendant une heure, nous nous sommes tenus prêts à décoller au cas où il se dissiperait. Mais les nuages sont restés là et nous n'avons pas pu décoller. À la place, Billy, Harry et moi nous sommes rendus à pied à Luxeuil. Je voulais voir le vieux monastère bénédictin, mais Harry était d'avis que nous devions plutôt revenir à la base. Nous nous sommes arrêtés pour prendre un café dans un petit bistrot d'où nous avions une belle vue sur les collines. Ce soir-là, j'ai fait un croquis du centre de la ville pour Nellie.

Quelques jours plus tard, par un beau matin clair et froid, nous nous sommes préparés à effectuer une attaque planifiée contre l'ennemi. Nous devions opérer en territoire ennemi où nos bombardiers avaient pour cible une usine de munitions. Billy et moi nous sommes souhaité bonne chance.

C'était la mission la plus dangereuse depuis le début de notre carrière : attaquer l'ennemi pour de bon au-dessus de son territoire. Harry sifflait tandis que nous marchions vers nos avions. C'était un air un peu énervant, et j'aurais aimé qu'il se taise. Une fois assis à nos postes, nous nous sommes serré la main.

— Bonne chance, Paul! a-t-il dit.

— À toi aussi, Harry, ai-je répondu.

J'étais déjà concentré sur les manœuvres de démarrage. J'ai vérifié les cadrans et j'ai actionné les ailerons. Treize autres moteurs d'avion ont démarré autour de moi, dont celui de Billy. Le bruit était assourdissant et, tandis que nous nous dégagions de nos cales, des nuages de poussière balayaient la piste. C'était une très grosse escadrille comparée à nos petites patrouilles matinales. Les bombardiers étaient positionnés au centre. Billy, Ashcroft, Watson et moi formions une aile droite entièrement canadienne.

Ashcroft, un Ontarien, était un grand type aux cheveux blond cendré. Je l'aimais bien, et Billy aussi. Tous les trois nous avions formé une alliance lors des dernières parties de soccer. Je n'avais jamais rencontré Watson avant ce soir-là. Il venait de la Saskatchewan et était plutôt réservé.

Nous sommes montés à 10 000 pieds, puis avons mis le cap sur le nord-est, en direction de la frontière allemande. Nous étions emmitouflés dans notre équipement d'hiver, mais j'avais quand même froid aux mains. Je me suis rendu compte que c'était la nervosité, et non la température, qui en était la cause. J'ai secoué les épaules et j'ai tenté de me détendre.

Je n'étais pas le seul à être anxieux. D'habitude,

quand nous volions en formation, Billy s'amusait à laisser son appareil rouler et tanguer sous l'effet des courants d'air ascendants. Cette fois-ci, il tenait sa bête fermement, lui ramenant constamment le nez vers le bas et les ailes à l'horizontale.

La visibilité était excellente. J'ai scruté le ciel autour de moi en sachant que Harry faisait de même. On distinguait mal les villages en bas, chacun avec son église et son clocher. Nous nous orientions plutôt grâce au relief, avec les lacs et les collines se trouvant à proximité de tel ou tel village. Nous avions tous reçu notre plan de vol, mais c'étaient les chefs d'escadrilles qui étaient en charge de la navigation. Ils suivaient notre progression avec précision à l'aide des cartes.

Une heure après le décollage, nous nous sommes mis en formation plus serrée. Nous approchions du but. Les bombardiers ont commencé à descendre. J'ai réalisé que nous avions déjà passé les lignes ennemies. Je me suis retourné pour regarder Harry. Il était en position d'alerte, avec ses mains qui tenaient fermement les mitrailleuses.

On voyait le paysage de mieux en mieux. Je distinguais des champs cultivés et les clôtures qui divisaient les champs en formes géométriques tout comme ceux en France. Dans ma tête, les Allemands étaient réduits au rang d'ennemis, et j'avais complètement oublié qu'ils avaient aussi des fermes, des fermiers, des familles. Je n'aimais pas du tout l'idée de lâcher des bombes si près de ces civils.

Notre cible était un terrain dégagé avec, au centre, quelques bâtiments et de la fumée qui s'élevait de leurs cheminées. De nombreux camions allaient et venaient sur la route, entre la forêt et l'usine.

Nos bombardiers ont rempli leur mission en lâchant leurs bombes les unes après les autres. Nous les avons accompagnés, puis avons viré sur nos ailes pour un autre tour. Ashcroft m'a fait un signe de la main, probablement pour partager avec moi le malaise que nous ressentions face à ce qui se passait en bas. Nous étions de la partie, mais pas vraiment actifs.

Voir les bombes exploser était complètement surréaliste. Dès qu'elles touchaient le sol, d'énormes gerbes de terre jaillissaient de tous côtés. Un bâtiment s'est écroulé à moitié, et ses briques sont tombées par terre, comme si c'était un jeu de construction. Le site a été envahi par la fumée, et je ne pouvais pas voir si nos bombes atteignaient leurs cibles. Mais j'ai vu deux camions se faire soulever et retomber sur le côté. Une des roues a atterri sur la partie du toit de l'usine restée en place. J'ai souri involontairement, tant la scène était étrange. Mais j'étais content qu'il y ait de la fumée, car elle m'empêchait de voir les cadavres et les mourants, comme c'était arrivé avec le zeppelin.

Mon attention a été attirée par des lueurs venant

d'en bas. Des flammes se sont ensuite élevées à travers la fumée, puis tout était fini. Pas un seul tir contre nous. Nous sommes passés une dernière fois, puis nous avons pris la direction de la France, comme une tempête aussi soudaine que brève qui aurait frappé et aurait continué son chemin. Ashcroft est venu se placer à côté de moi et a pointé le ciel dans toutes les directions : *Regarde bien!*

Nous avons pris de l'altitude dans l'espoir de voir l'ennemi avant qu'il nous aperçoive. Billy m'a fait le salut militaire quand nous sommes revenus en formation. Harry regardait sans cesse derrière et en bas, en se levant parfois pour mieux voir. Ashcroft, Watson, Billy et moi avons assuré l'arrière-garde pour couvrir notre retraite.

À peine dix minutes plus tard, on nous a attaqués. Ils sont arrivés d'en haut et ont plongé sur nous comme des faucons chassant des moineaux. J'ignorais même leur présence avant que Harry ne tire à la mitrailleuse. Il n'avait pas eu le temps de m'avertir. Le premier Albatros a plongé à toute vitesse entre Billy et moi, et j'ai réalisé, tout comme Billy, qu'il se préparait à faire une boucle. Nous avons tous les deux poussé sur nos manches à balai pour le suivre et nous avons ouvert le feu. J'ai tiré salve après salve. J'ai presque frôlé Billy. J'ai donc dégagé mon avion et me suis faufilé à bâbord, incapable de suivre l'Albatros. Il fallait que je retourne couvrir les bombardiers.

— Tiens bon, Harry! ai-je crié. On revient!

Des balles ont sifflé en traversant la toile de mon aile supérieure. Un Albatros s'était glissé juste derrière nous.

— Tire, Harry! ai-je crié.

J'ai regardé par-dessus mon épaule et j'ai vu l'avion à damier s'éloigner de notre queue et rouvrir le feu. Encore un peu, et l'Albatros allait toucher notre fuselage. J'ai viré sec, tant pour échapper aux tirs que pour avoir un meilleur coup d'œil sur notre assaillant.

— Harry! ai-je crié, sans résultat à cause du vent. Descends-le!

La mitrailleuse de Harry est restée silencieuse, et je me suis dit qu'il devait être en train de la recharger. Il fallait que je lui donne le temps de terminer.

L'Albatros nous collait encore aux fesses. J'ai continué mon virage, puis j'ai jeté un rapide coup d'œil derrière moi pour voir comment Harry se débrouillait. Il était affaissé sur sa mitrailleuse.

Des balles ont encore sifflé autour de moi, me rappelant à l'ordre. J'ai viré à tribord, puis j'ai amorcé une descente, mais sans réussir à déjouer l'Albatros qui a suivi ma trajectoire sans défaillir. Seuls mes virages incessants ont empêché ce tireur de me truffer de balles. Deux ou trois trous d'air m'ont aussi aidé, car il était difficile de bien viser dans une zone de turbulences. Mais il avait abattu Harry. Cette pensée m'a tellement mis en colère que j'ai augmenté les gaz et viré brusquement sur mon aile. Il était temps de faire une boucle et de viser l'ennemi avec mes mitrailleuses. J'allais plonger quand j'ai aperçu Billy qui se dirigeait vers moi, à tribord. Il a ouvert le feu sur l'Albatros, puis l'a survolé à pleine vitesse. Le pilote allemand s'est effondré, et son avion est tombé en chute libre, laissant derrière lui une traînée d'épaisse fumée.

— Tu l'as eu, Billy! ai-je crié, les bras en l'air en signe de victoire. Ne t'en fais pas, Harry, mon ami. Billy l'a descendu pour te venger.

Nous étions près de la frontière française. Les avions allemands nous ont soudain lâchés. Ils ont changé de cap pour rentrer à leur base, sans doute par peur de manquer de carburant ou simplement de survoler le territoire ennemi.

Je suis allé rejoindre Ashcroft derrière les bombardiers. L'instant d'après, Billy était avec nous, et je l'ai salué de la main. Watson manquait à l'appel, ainsi qu'un bombardier. L'attaque des Allemands avait occasionné des pertes. En apercevant Harry, Ashcroft et son tireur ont secoué la tête sans dire un mot. Je ne pouvais rien faire d'autre pour lui, sauf le ramener à l'aérodrome. Comme il avait encore sa ceinture de sécurité, il n'y avait pas de danger qu'il tombe. Ramener sa dépouille était bien la moindre des choses.

Sur le chemin du retour, ma tête était pleine d'images de notre promenade, l'autre jour, dans Luxeuil. Je revoyais Harry sirotant son café, pressé de retourner à la base. Pourquoi si pressé? Pour mourir plus vite? J'ai dit une prière pour lui et pour sa famille en Nouvelle-Écosse.

Chapitre 7
Octobre et novembre 1916

Nous avons enterré Harry à Luxeuil, dans un cimetière près de l'endroit où nous nous étions promenés. Un prêtre français a prononcé l'éloge funèbre. Harry était entouré de tous les pilotes et les tireurs qui avaient participé au bombardement. Plusieurs autres gars de l'aérodrome ont marché en procession avec nous jusqu'au cimetière. Des habitants du village nous ont regardés passer. Après, j'ai écrit ce qui s'était passé le jour de la mort de Harry dans la lettre que j'ai envoyée à ses parents, et j'ai glissé un croquis de l'endroit où on l'avait enterré.

Je suis resté à regarder la lettre pendant un certain temps, en pensant à sa mort. Je n'arrêtais pas de me demander si nous n'aurions pas pu être plus vigilants. Harry avait été le premier à repérer l'ennemi. Peut-être qu'il serait encore en vie si j'avais pu manœuvrer plus vite et prendre de l'altitude au lieu de virer sur mon aile pour m'échapper. Mais à quoi bon les « si » et les « mais »? L'image de Harry effondré sur son siège me hantait.

Le soir des funérailles, Billy est venu s'asseoir à côté

de mon lit.

— Qu'est-ce que j'aurais pu faire pour éviter ça? lui ai-je demandé.

— Rien, a-t-il répondu. Et ne sois pas idiot. Ce n'est pas comme si tu t'étais enfui. Tu tirais à la mitrailleuse autant que lui. Toi ou moi aurions aussi bien pu nous faire tirer dessus. Jusqu'ici, on a eu de la chance. L'heure de Harry avait sonné. C'est tout ce qu'il y a à dire. Ce qui est fait est fait.

Robert m'avait dit la même chose. Mais c'était difficile d'arrêter de penser.

Quelques jours plus tard, nous avons appris que Watson et son tireur étaient morts. Leur avion s'était écrasé en territoire ennemi. Un pilote allemand nous a fait savoir par lettre qu'ils avaient été enterrés avec les honneurs dus à la guerre.

Au cours des semaines suivantes, j'ai écrit tous les jours à Nellie, à mes parents, à Sarah et plus que jamais à Robert, et je n'ai pas cessé de penser à la mort de Harry.

Dans l'espoir, entre autres, de ne pas penser à ce genre d'événements tragiques, nous jouions très souvent au soccer quand le temps le permettait. Le terrain était mauvais et, avant chaque partie, nous en retirions les plus gros cailloux. Malgré tous nos efforts pour nettoyer le sol rocheux, j'ai été blessé plus souvent au soccer qu'en pilotant mon avion, et j'en suis éternellement reconnaissant.

Un jour, j'ai reçu une photo de Nellie. Elle l'avait découpée dans un journal et on la voyait qui tricotait des bas pour les soldats. Partout en Angleterre, les filles, jeunes ou vieilles, contribuaient à l'effort de guerre en faisant du tricot et de la couture. Je tenais la photo depuis à peine une minute quand Ashcroft me l'a chipée et l'a tendue à Billy qui s'est enfui dehors en courant.

Quand j'ai finalement récupéré la photo, j'ai vu qu'on avait écrit sur la bordure : *Ého Paulo! M'as-tu vue tricoter?* Billy a juré que ce n'était pas lui, puis il a éclaté de rire et a dit :

— Ashcroft t'a trouvé un nouveau surnom.

Il s'est arrêté un instant parce qu'il avait le fou rire.

— C'est Tricotin! a-t-il lancé.

Ce nom m'est resté et, à partir de ce jour-là, presque plus personne ne m'a appelé autrement.

Mais ça a été le seul moment drôle de ces semaines difficiles. Un jour, Raymond, un officier du RNAS, et Peters, un photographe affecté à la reconnaissance du terrain, ont décollé pour aller s'entraîner au tir sur les nouvelles cibles de l'aérodrome, qu'on avait installées pour que les pilotes et les tireurs puissent s'exercer à tirer de différentes hauteurs et sous différents angles. À moins de 100 pieds de la piste de décollage, leur hélice a arrêté de tourner, et le Strutter a plongé.

Raymond est mort sur le coup. Il n'avait que 20 ans. Peters, qui était monté à bord juste pour faire un tour, a été emmené à l'hôpital avec ce qu'on croyait être des blessures internes. Ensuite, par deux fois, Ashcroft a abîmé son train d'atterrissage en se posant.

Même nos équipes au sol n'ont pas été épargnées. Un des mécaniciens a été gravement blessé par le train d'atterrissage d'un avion de reconnaissance qui était en mauvais état et qui est tombé en lui écrasant les jambes.

J'attendais à tout moment que la malchance nous frappe encore. Je n'ai pas eu à attendre bien longtemps. Quelques jours plus tard, nous avons appris que nous devions monter plus près du front, à Ochey, non loin de Tantonville. Nous avions pour mission d'emmener nos avions jusqu'à cette nouvelle base. Billy, Ashcroft et moi avons décollé le même jour. Une fine couche de neige recouvrait le sol, mais le plafond était plutôt haut et il était peu probable qu'il y ait des précipitations.

En route, Ashcroft a soudain aperçu des avions de chasse allemands. Nous étions près de la frontière, et il était impossible de savoir s'ils se dirigeaient vers la France ou s'ils retournaient en Allemagne. En nous apercevant, six d'entre eux ont changé de cap pour se diriger vers nous. Une fois plus près, j'ai vu que c'étaient des Albatros ornés de la croix de fer.

Les avions allemands ont foncé droit sur nous.

À 500 pieds de nous, ils se sont séparés et nous ont dépassés à toute vitesse, sans tirer un seul coup de feu. L'un d'eux est venu se placer à côté de moi, et le pilote m'a fait le salut militaire. J'étais si abasourdi que je l'ai simplement regardé passer. L'instant d'après, ils sont revenus et nous ont talonnés. Quel culot! Leur premier passage avait simplement servi à nous examiner de près!

Billy a mis les gaz. Les Allemands ont ouvert le feu. J'ai fait pencher mon avion d'un côté puis de l'autre pour qu'il soit plus difficile de me viser et de m'atteindre. J'ai jeté un autre coup d'œil derrière moi, puis j'ai viré sec à bâbord et j'ai ouvert le feu en direction de l'Albatros qui me dépassait. Il était si près que j'ai pu distinguer des impacts de balle dans sa queue.

Je l'ai touché plusieurs fois, mais le pilote a réussi à garder le cap. Les balles avaient transpercé une aile, mais sans faire de gros dégâts. L'Albatros qui me talonnait a viré pour affronter Ashcroft qui avait fait une boucle, puis était revenu dans la mêlée. J'ai regardé tout autour de moi pour savoir qui se trouvait à proximité. Nous combattions de si près que la moindre erreur pouvait me jeter en plein dans la ligne de tir d'un avion ennemi ou me faire entrer en collision avec l'un des nôtres.

J'ai augmenté les gaz et j'ai viré pour aller aider Ashcroft. Cette fois, d'instinct, j'ai ouvert le feu avant que l'Albatros soit bien en vue. Ma première salve a raté sa cible, mais pas la seconde. Des trous sont apparus près du poste de pilotage. La seconde d'après, de la fumée a commencé à s'échapper du nez de l'avion.

Il n'était pas encore temps de crier victoire, car des balles continuaient de siffler autour de mon poste. Soudain, j'ai été touché à l'épaule, ce qui m'a projeté vers l'avant. D'abord, je me suis demandé si l'aile supérieure était tombée sur ma nuque. Puis j'ai compris que j'avais été touché par une balle. D'instinct, j'ai voulu toucher ma blessure, mais j'ai résisté. Un avion descendait vers moi et je devais manœuvrer le mien. J'ai poussé le manche à balai vers l'avant et me suis retrouvé en plongée. Il m'a suivi. En me servant de la vitesse acquise en plongeant, j'ai effectué une boucle, puis j'ai lentement ramené le manche à balai vers moi. La douleur dans mon épaule était insupportable.

En revenant après avoir effectué un virage, j'ai eu la surprise de voir trois avions allemands se retirer du combat. Celui qui me pourchassait est parti, lui aussi. Tout en bas, un Albatros tombait en vrille en laissant derrière lui une traînée de fumée. Les autres ont foncé dans sa direction. Peu après, l'avion touché a réussi à se redresser. Il n'y avait aucun signe du sixième Albatros.

Billy et Ashcroft sont venus se placer à côté de moi. Ashcroft m'a montré du doigt, puis a indiqué son épaule. J'ai jeté un coup d'œil. Mon manteau était couvert de sang. Maintenant que la tension de la bataille était tombée, je ressentais une douleur plus aiguë. J'ai agrippé mon épaule gauche avec ma main droite et j'ai piloté de la main gauche. Billy, anxieux, ne me quittait pas des yeux. Il a brandi le poing. *Tiens bon!* Je me sentais faible. En fait, j'avais la tête qui tournait et je ne me sentais pas bien du tout.

Pendant le reste du vol, Billy et Ashcroft ont régulièrement vérifié mon état. Ils se relayaient en venant se placer juste à côté de moi et en m'encourageant d'un signe de la main, le pouce en l'air. Comme je ne pouvais pas leur répondre par un signe de la main, je me contentais d'approuver de la tête. Ma main était figée sur le manche à balai. Mon épaule m'élançait. Je me suis demandé si la balle était restée à l'intérieur ou l'avait transpercée. J'ai été pris de vertige, alors j'ai plutôt pensé à Nellie. Je la revoyais, assise sur la charrette, en train de me parler. Dans ma dernière lettre, je lui avais promis de tout faire pour aller la voir quand je serais en permission.

Ashcroft a viré lentement à tribord, et nous avons amorcé la descente. J'ai failli perdre connaissance par deux fois. J'avais l'impression qu'on m'avait planté une fourche dans l'épaule. Durant les dernières minutes de la descente, je n'arrivais plus à tenir le manche à balai avec ma main gauche. J'ai dû lâcher mon épaule et piloter de la main droite. Billy faisait basculer ses ailes de temps en temps pour capter mon attention. J'approuvais de la tête et tentais de reprendre mes esprits. Je savais ce qu'Ashcroft et lui pensaient parce que je pensais la même chose : comment allais-je m'y prendre pour atterrir sans m'écraser?

Puis j'ai vu l'aérodrome, et l'espoir de bientôt y être m'a un peu ragaillardi. Ashcroft nous a devancés. Il est allé voler en rase-mottes au-dessus de la piste, en faisant rouler son avion pour avertir l'équipe au sol qu'il se passait quelque chose d'anormal. Puis il est revenu nous rejoindre. Nous sommes descendus ensemble, avec Billy qui me devançait un tout petit peu. J'ai réduit ma vitesse. Mon avion a gîté à cause du vent et, avec ma pédale de gouvernail, je l'ai forcé à revenir à l'horizontale.

Les roues de Billy ont soulevé un peu de poussière.

Un peu plus près, me suis-je dit. *On y est presque.*

Le sol arrivait à toute vitesse, et j'ai lâché les gaz. Les manœuvres pour la queue ont déclenché une douleur intense. Chaque fois que je poussais la pédale du gouvernail avec mon pied gauche, je sentais une onde de choc me parcourir l'épaule. J'ai atterri en vacillant, sur une seule roue, et j'ai dû lutter contre la nausée avant d'arriver à poser l'autre roue par terre. L'atterrissage a déclenché une douleur insupportable dans mon épaule. J'ai senti que le train d'atterrissage se détachait.

Le Strutter a glissé par terre sur le ventre, puis s'est mis à tourner lentement sur lui-même. L'instant d'après, il s'immobilisait. Quelqu'un a introduit son bras à l'intérieur du poste de pilotage et a fermé les gaz. Je suis resté sans bouger, à fixer le tableau de bord.

— Sir? a-t-on crié. Sir, m'entendez-vous?

Chapitre 8
Novembre 1916

La balle avait traversé mon épaule de part en part. Elle avait déchiré le muscle, mais, heureusement, n'avait pas brisé l'os. Billy et Ashcroft se tenaient à côté de ma civière tandis que l'équipe au sol me transportait dans un camion. Mon épaule me faisait si mal que je sentais mes jambes flageoler.

— Désolé, fiston! a dit un homme en me faisant un bandage serré. Ça va te sauver la vie. Tu as perdu beaucoup de sang, et je ne veux pas que tu en perdes une seule goutte de plus.

— Tu vas t'en sortir, Tricotin, a dit Billy.

— Tu seras bientôt sur pied! a ajouté Ashcroft.

— On va aviser Nellie et sa famille, a dit Billy, visiblement inquiet.

Je ne pouvais pas parler ni même approuver de la tête.

On m'a transporté à l'hôpital d'Ochey. J'ai reçu une piqûre de morphine et la douleur a considérablement diminué. Plus tard, je me suis réveillé dans un lit. J'avais le bras et l'épaule complètement immobilisés. Mon uniforme avait disparu et je portais une chemise d'hôpital. Je ressentais une douleur lancinante dans mon bras.

Durant les jours suivants, je suis resté couché. J'avais mal. Le docteur venait vérifier mon état régulièrement. Un beau matin, une infirmière s'est penchée sur moi et m'a dit d'une voix douce, en français :

— Bonjour, monsieur. Des amis sont là pour vous voir.

Billy et Ashcroft sont apparus de derrière l'infirmière, le visage fendu d'un sourire idiot.

— Hourra! s'est exclamé Billy avant que l'infirmière lui ordonne de parler moins fort.

Ils m'ont appris que j'avais dormi pendant quatre jours en me réveillant à peine quelques fois.

— La vie de pacha! a dit Billy en faisant semblant de chuchoter. Tu es là, avec de jolies infirmières qui te nourrissent à la petite cuillère, de jour comme de nuit. Vivement que je me fasse tirer dessus!

— Tu n'es pas aussi beau que Tricotin, a objecté Ashcroft. Tu devrais te raser la moustache. Ou au moins en raser la moitié.

Billy a fait bouger sa moustache exprès pour embêter Ashcroft, puis s'est écrié encore :

— Hourra!

J'étais si heureux de les voir que j'ai failli pleurer.

— Ne nous fais pas ce coup-là, Tricotin, a dit Ashcroft avec un sourire. On ne voudrait pas que

Nellie soit jalouse de nous!

J'allais répondre quand Billy a levé la main.

— Oui, on a écrit à Nellie et à tes parents, a-t-il dit. Pas de blague! On leur a tout raconté.

Visiblement, il n'était pas d'humeur à rigoler et je savais qu'il disait la vérité.

— Ce sera bientôt Noël, a dit Ashcroft. Chanceux comme tu es, tu risques fort de te retrouver sous le gui pour les fêtes, tandis que nous, nous serons en compagnie des Boches.

Ils semblaient tous les deux fatigués. Billy avait les yeux cernés et les traits tirés.

— Il se passe beaucoup de choses! a-t-il expliqué. On a volé plusieurs fois depuis que tu as été blessé. Apparemment, on devrait bientôt avoir une permission, et Dieu sait que nous en avons besoin!

Quelques jours plus tard, un autre aviateur est passé me voir à l'hôpital, un Canadien originaire de la Colombie-Britannique. Il avait les cheveux blond cendré et un magnifique sourire. Il était venu rendre visite à un de ses amis qui avait été blessé.

— Townend, c'est bien ça? m'a-t-il demandé.

J'ai hoché la tête.

— Raymond Collishaw, a-t-il dit en me tendant la main. Tu t'es bien débrouillé là-haut, et il semblerait que tu as réussi à descendre un Albatros; on te doit une fière chandelle, a-t-il ajouté avec un sourire en voyant mon air étonné. Et par-dessus le marché, tu as droit à une permission.

— Combien de temps? ai-je bégayé.

— Ce n'est pas à moi de te le dire, a-t-il rétorqué. Où veux-tu aller? Ils vont sûrement te laisser aller où tu veux, dans la mesure du possible.

— À Redcar, ai-je répondu sans hésiter.

— C'est là que j'ai fait mon entraînement de pilote, a-t-il dit. Ce n'est pas exactement ce qu'on appelle un lieu de villégiature, tu sais.

Je n'ai rien répondu.

— Ah! s'est-il exclamé. Une petite amie, alors? Ah! le chanceux! Mais n'oublie pas que tu y vas pour te remettre en forme. On te reverra en janvier.

— Sans faute! ai-je répondu.

Deux jours plus tard, j'ai reçu mon ordre de permission et j'ai été ramené en Angleterre. Le train pour Redcar s'est arrêté à Grimsby en chemin et je n'ai pas pu résister à l'envie de descendre. Je devais me rapporter à mon cantonnement avant la nuit, mais, avec l'horaire des trains, je savais que je pouvais arriver à Redcar à temps, même en faisant une courte visite à Grimsby.

J'ai acheté une grosse boîte de chocolats et trouvé en ville un fermier qui voulait bien me conduire jusqu'à la ferme des Timpson. Nellie et moi avions correspondu régulièrement. Mais était-ce suffisant pour s'engager?

En tout cas, moi, j'étais sûr de mes sentiments. Nous nous étions raconté tant de choses dans nos lettres que j'avais l'impression de très bien la connaître maintenant, tellement plus qu'à notre première et seule rencontre. J'avais du mal à me contenir.

Le fermier m'a déposé devant la ferme des Timpson. En remontant l'allée jusqu'à la maison, j'ai aperçu la silhouette d'une femme penchée, qui réparait la clôture.

Nellie a relevé la tête. Elle a mis ses mains en visière pour se protéger du soleil et m'a longuement fixé des yeux. Puis elle a couru. Sans dire un mot, elle s'est jetée à mon cou et m'a embrassé. Mes derniers doutes se sont envolés.

Ses frères sont sortis sur la galerie et sont venus nous rejoindre. Nellie m'a enlacé par la taille pour me soutenir. Ils sont arrivés en courant, comme des chiots tout excités, et m'ont posé tant de questions que je ne savais plus par laquelle commencer.

M. Timpson est arrivé à l'heure du dîner. Il a chaleureusement serré ma main valide.

— Bienvenue, mon gars, a-t-il dit.

Puis il a cherché Billy des yeux.

— Et comment va M. Miller? a-t-il demandé.

— Bien, monsieur, ai-je répondu. Il est de service à l'aérodrome jusqu'à la fin de la semaine. Ensuite, il compte bien venir me rejoindre à Redcar.

Je leur ai raconté mon voyage en France et j'ai dû

répéter trois fois l'histoire de ma blessure avant que les garçons soient satisfaits. À la suggestion de Nellie, j'ai tenté de faire un croquis de la scène. Le résultat n'était pas fameux, car je n'étais pas adroit de la main gauche, mais les garçons ont néanmoins brandi mon dessin comme un trophée. M. Timpson voulait avoir des détails à propos de la guerre sur le continent. Apparemment, ils n'en avaient pas beaucoup de nouvelles et devaient parfois attendre de se rendre en ville ou à l'église. Nellie semblait aussi intéressée que lui.

— Donc ça va mal, c'est ça? a dit M. Timpson. Je veux dire au front.

J'ai pensé aux lettres de Robert, aux amis qu'il avait perdus.

— Oui, monsieur, ai-je répondu. Très mal.

Il a jeté un coup d'œil du côté de son fils aîné.

— Pensent-ils que ça va durer encore un an?

— On ne sait pas, ai-je répondu en secouant la tête.

Il a approuvé de la tête, puis il a dit qu'ils avaient déjà perdu plusieurs gars du coin. Ensuite, il a changé de sujet et m'a questionné à propos de notre ferme à Winnipeg. Il était content que je connaisse si bien le travail de la ferme et s'est montré intéressé par certaines de nos façons de faire au Canada.

L'après-midi était presque terminé et j'ai regardé par la fenêtre.

— Je dois repartir bientôt, ai-je dit à regret.

M. Timpson m'a conduit en charrette à la gare et, encore une fois, Nellie a eu la permission de nous accompagner. Cette fois, nous étions tous les trois protégés par une seule couverture. Nellie a glissé sa main dans la mienne, et je l'ai serrée bien fort. En arrivant à la gare de Grimsby, elle m'a embrassé et a chuchoté à mon oreille :

— Je vais trouver une bonne raison de me rendre à Redcar.

Il avait été convenu que je loge dans la famille Baxter qui habitait au centre-ville. La maison était petite, mais confortable, et Mme Baxter s'occupait de moi comme ma propre mère. Tous les jours, je devais aller à l'hôpital de la base pour faire changer mes pansements. J'ai refusé de recevoir d'autres piqûres de morphine à cause de ce que m'en avait dit un pilote à Ochey. On devenait vite dépendant de cette drogue forte, et certains en avaient été victimes.

Le quatrième jour de mon séjour à Redcar, on a frappé à la porte des Baxter. J'entendais Mme Baxter qui faisait la conversation, puis la porte s'est ouverte plus grande. Un soldat est entré et a retiré son calot.

— Paul, a-t-il dit d'une voix grave.

Je l'ai bien regardé, puis me suis exclamé :

— Robert!

Je le reconnaissais à peine. Il avait les traits tirés et

semblait avoir vieilli de dix ans depuis la dernière fois que je l'avais vu. Il marchait avec raideur, comme un vieillard. Mais surtout, son regard semblait sans vie. J'étais bouleversé de le voir ainsi.

Mme Baxter est venue à notre secours.

— Venez vous installer auprès du feu, vous deux! nous a-t-elle ordonné. Nous allons tous attraper un coup de mort à rester plantés là. Donne-moi ton sac, mon garçon. Je vais le faire mettre dans ta chambre. Tu restes ici.

Malgré son triste état, c'était de joyeuses retrouvailles. L'instant d'après, nous étions assis devant la cheminée à siroter du thé et à nous goinfrer des biscuits de Mme Baxter à mesure qu'elle les apportait. Nous nous sommes mis à raconter des histoires de la ferme, et j'ai ri comme je ne l'avais plus fait depuis des mois.

— Comment as-tu su où me trouver? lui ai-je demandé.

— Ton copain Billy m'a écrit, a-t-il répondu. La rapidité avec laquelle sa lettre est arrivée m'a renversé. Comme j'avais droit à une permission, j'ai décidé de venir te rejoindre au plus vite. Alors, me voilà!

— Tu m'as manqué, Robert, ai-je dit en soupirant. Et par moments, je n'ai qu'une hâte, c'est de rentrer chez nous.

— Chez nous, a-t-il répété, comme pour savourer

ce mot.

Il a esquissé un sourire, puis a regardé le feu en silence. J'ai attendu. Pendant un instant, j'ai cru qu'il s'était endormi. Finalement, il a dit :

— C'est affreux, Paul. Au-delà de tout ce qu'on peut imaginer. Je vais y retourner tôt ou tard, mais le plus tard sera le mieux!

— Ne dis pas ça, Robert, ai-je dit.

— Ce que je te raconte, je ne peux pas le dire ni à maman, ni à papa ni à Sarah, m'a-t-il interrompu. Tu as combattu, alors tu peux comprendre.

Puis il a parlé des canons géants qui tiraient sans cesse et éventraient le sol et les hommes, tout autour de lui. Il a décrit les assauts à travers les terrains jonchés de cadavres et les hommes se comportant comme des bêtes. Il m'a parlé des tranchées et des maladies, des rats gros comme des chats qui les mordaient la nuit, des voix des mourants, de l'horrible puanteur. Il a parlé longtemps, puis il s'est tu et, de nouveau, il a contemplé le feu d'un regard fixe.

— Robert, ai-je dit. Au moins tu es en vie.

Il m'a regardé avec lassitude, puis a dit :

— Par moment, je n'en suis pas certain. La mort est si présente que je ne sais plus.

Cette nuit-là, Robert a crié comme jamais je n'avais entendu personne crier. J'ai sauté en bas de mon lit et j'ai couru à sa chambre.

— Robert! ai-je hurlé. Qu'est-ce qui se passe?

Il a grommelé de manière incompréhensible. Au bout d'un moment, Mme Baxter est apparue sur le seuil, une bougie à la main. Robert nous dévisageait avec un regard affolé.

— Je vais faire du thé, a-t-elle simplement dit, comme si elle avait déjà assisté à ce genre de scènes.

Elle m'a tendu une autre bougie. Robert était trempé de sueur et sa respiration était haletante. Il a agrippé mon bras avec une force inouïe.

— Ça va aller, a-t-il dit en reprenant son souffle. Ça va passer. Allons nous asseoir au coin du feu.

Nous sommes descendus et j'ai attisé le feu dans la cheminée. Mme Baxter nous a apporté du thé, puis est retournée se coucher. J'ai raconté à Robert le temps que j'avais passé à l'école d'aviation Curtiss, mon arrivée à Redcar et ma rencontre avec Nellie. Il m'a écouté attentivement et s'est peu à peu calmé sous l'effet de la chaleur du feu et du thé.

— J'aimerais bien rencontrer Nellie, a-t-il dit. L'idée que tu sois avec une si jolie fille me semble... Me semble si porteur d'espoir!

— Que t'est-il arrivé, tout à l'heure? ai-je demandé en indiquant l'étage des chambres.

— J'ai fait d'horribles cauchemars, a-t-il murmuré. J'en fais toutes les nuits depuis les tranchées, a-t-il ajouté en fixant son thé. Parle-moi encore de Nellie.

Le lendemain matin, Robert était à la cuisine, occupé à aider Mme Baxter à préparer le déjeuner. La lueur de folie avait quitté ses yeux et il souriait plus facilement. Quand il est sorti de la cuisine pour garnir la table, Mme Baxter m'a murmuré :

— Tous ceux qui sont allés dans les tranchées crient la nuit. Du moins, c'est ce que nous avons constaté. Ce n'est pas normal, ce qui arrive à ces gars qui vont là-bas. Que Dieu les garde!

Quand le courrier est arrivé, j'ai eu d'excellentes nouvelles.

— Nellie va venir demain matin, ai-je annoncé à la cantonade. Elle va porter des bas à la base. On pourra aller la retrouver à la gare!

Après le déjeuner, Robert m'a accompagné à l'hôpital et m'a attendu pendant que le docteur refaisait mon bandage.

— La guérison est bonne, a-t-il dit. Aucun signe d'infection!

Quant à Robert, il se faisait traiter pour le pied des tranchées, une maladie qui apparaissait à force de rester trop longtemps debout, dans le froid des tranchées inondées et insalubres.

— Elle travaille fort, ta Nellie, m'a dit Robert un peu plus tard. Et elle tient à toi, c'est clair comme de l'eau de roche.

Le lendemain, nous avons retrouvé Nellie à la gare.

Elle était resplendissante. J'ai à peine reconnu la fille de fermier que j'avais vue quelques jours auparavant. Elle a glissé un bras sous celui de Robert et l'autre sous le mien, et c'était parti! Robert, impressionné, m'a fait un clin d'œil. Le premier contact était bon.

— Nous allons faire une visite de Redcar, ville si pittoresque, nous a annoncé Nellie.

Nous nous sommes arrêtés devant chaque magasin pour regarder la vitrine ou entrer. L'humour et la vivacité d'esprit de Nellie ont eu un effet miraculeux sur Robert.

— Et maintenant, vous avez devant vous... a-t-elle dit de manière théâtrale, en s'arrêtant devant une vitrine. La boulangerie! Je suis sûre que vous n'en avez pas d'aussi belles au Canada, puisque c'est une simple colonie.

— En effet, madame la comtesse, l'a taquinée Robert. Mais on y travaille, on y travaille!

— Je veux bien vous croire, a-t-elle rétorqué.

Tandis qu'elle était occupée à acheter des biscuits, Robert s'est penché à mon oreille :

— Elle est merveilleuse, Paul. Elle arrive même à me faire oublier la guerre.

Je les ai laissés s'occuper tous les deux de la conversation. Nellie a raconté à Robert mon atterrissage dans leur champ. Robert a raconté une kyrielle d'anecdotes à propos de notre ferme et de notre famille. J'avais l'impression qu'ils s'interviewaient l'un l'autre, jouant à se tirer les vers du nez. Leur discussion, souvent amusante, fournissait à Nellie des réponses à des questions que nous n'avions pas encore eu la chance d'aborder ensemble. J'ai souri. Je ne pouvais pas rêver me trouver en meilleure compagnie!

Quand il a été l'heure de la raccompagner à la gare, Nellie m'a retenu pendant un moment :

— Ton frère a été blessé, m'a-t-elle chuchoté à l'oreille. Dans son cœur, dans sa tête et dans son corps. Mais il me semble être une bonne personne.

— As-tu passé un moment agréable avec nous? lui ai-je demandé.

— Plus qu'agréable, a-t-elle répondu. J'aurais seulement espéré que nous ayons plus de temps… Un peu de temps seuls tous les deux.

Ce soir-là au souper, Robert s'est brusquement arrêté de manger et a pointé sa fourchette vers moi :

— Épouse-la, Paul. Tu dois te marier avec Nellie.

Je me suis étouffé avec la bouchée de viande que j'avais dans la bouche.

— J'ai 19 ans, ai-je protesté. Et elle est encore plus jeune!

Avec sa fourchette toujours pointée vers moi, il a répondu :

— Après tout ce que nous avons vécu, à quel âge est-il raisonnable de se marier alors?

Chapitre 9
Janvier 1917

Je suis retourné en France après le Nouvel An et j'ai appris en arrivant que plusieurs d'entre nous allaient être transférés à Vert Galand, qui était beaucoup plus près du front. La plupart des officiers britanniques qui logeaient dans les baraques autour de nous appartenaient à l'escadron 55.

À mon arrivée, Billy et Ashcroft m'ont gentiment taquiné.

— Voilà notre bon vieux Tricotin! s'est écrié Billy quand j'ai sauté du camion de transport de troupes.

J'ai scruté son visage et j'ai remarqué des rides plus marquées que lorsque je l'avais vu la dernière fois. Ashcroft et lui semblaient épuisés.

— Vous n'êtes pas partis en permission? leur ai-je demandé.

Ashcroft a jeté mon sac sur son épaule et nous nous sommes dirigés vers notre baraque.

— Bien sûr, a-t-il dit. Après ton départ, on a eu quatre jours, puis encore quatre autres à Noël.

Il y avait donc eu pas mal de combats pendant mon absence. Pas étonnant qu'ils aient l'air si épuisé.

Je savais donc à quoi m'attendre à Vert Galand. Au même moment, j'ai remarqué le bruit sourd des tirs d'artillerie. Nous étions beaucoup plus près du front qu'à Ochey.

Tout en marchant vers l'aérodrome, j'ai jeté un coup d'œil sur la piste.

— Où sont les Strutter? ai-je demandé. Et ces avions? C'est nouveau?

Quatre appareils, ne ressemblant à rien de ce que j'avais déjà vu, étaient stationnés côte à côte. Ils avaient des lignes épurées, plus que les Strutter, et le fuselage était élégamment arrondi.

— Des Sopwith Pup, a répondu Ashcroft. Ils sont plus rapides que les Strutter. Billy en a fait monter un à 103 milles par heure!

— Et je vais bientôt le faire grimper à 106 milles par heure, s'est vanté Billy.

Ashcroft a traversé en courant le terrain recouvert d'une mince couche de neige et, arrivé près d'un des avions, il a tapoté son poste de pilotage.

— Cette nouvelle invention peut atteindre une altitude de près de 18 000 pieds!

J'ai secoué la tête d'étonnement. C'était considérablement plus haut que ce que pouvaient faire les Strutter.

— Sa maniabilité est extraordinaire, a ajouté Ashcroft, en faisant de la buée avec sa bouche, tant il faisait froid. Il est aussi agile en vol qu'une hirondelle. Très rapide et capable de maintenir son altitude.

J'ai indiqué du doigt les quatre marques qui se trouvaient sous le poste de pilotage.

— Ashcroft a abattu quatre avions allemands, a dit Billy. Et deux en une seule journée! Nous avions repéré cinq Albatros en cavale. Ashcroft les a attirés vers nous. On les a attaqués, aidés par l'équipe au sol des canons antiaériens. Un seul Boche a réussi à regagner sa base!

Il a fait semblant de tirer à la mitrailleuse, puis sa main s'est transformée en un avion qui tombe en spirale avant de s'écraser. Ashcroft riait.

Leur enthousiasme macabre m'a surpris. J'avais déjà ressenti de la colère alors que j'étais au cœur de la bataille et aussi de l'excitation lors de courses-poursuites absolument terrifiantes. Mais là, à les entendre parler, j'avais carrément la chair de poule!

Le lendemain matin, il faisait toujours un froid de canard. Le plafond était bas et, vers 10 h, on nous a annoncé que nous ne décollerions pas. À la place, nous devions empiler des sacs de sable pour protéger les baraques, les canons antiaériens et le hangar. Les installations d'Ochey, que nous venions de quitter, avaient subi de lourds dommages à cause des attaques des Allemands en décembre. Près de la moitié des avions avaient été détruits et toutes les vitres des baraques avaient éclaté.

Les officiers britanniques de l'escadron 55 n'étaient pas très contents d'avoir à faire du travail manuel et, plus précisément, de devoir remplir des sacs de sable.

— Ils ne se sont pas enrôlés pour faire ce genre de travail, vois-tu, mon vieux, a dit Ashcroft d'un ton sarcastique en me passant encore un sac de sable.

J'ai souri et j'ai calé le sac contre le mur du hangar. De tout ce que nous avions fait jusque-là, c'était ce qui ressemblait le plus au travail à la ferme, et je trouvais ça reposant malgré ma blessure qui me faisait mal.

Billy et moi avons décidé de finir de protéger notre baraque avec des sacs de sable, même s'il était obligé de soulever la plupart des sacs à ma place. C'était un travail éreintant par cet après-midi glacial. Mais les nouvelles du bombardement d'Ochey étaient encore fraîches dans notre mémoire. Ashcroft s'est joint à nous pour la dernière demi-heure et nous avons terminé. Il était grand temps! Les Allemands ont attaqué Vert Galand le lendemain matin.

Nos canons antiaériens ont commencé à tirer avant même que les sirènes d'alarme ne se déclenchent. Les explosions étaient si fortes que j'ai cru qu'une bombe était tombée sur notre baraque. J'ai été projeté hors de mon lit et me suis retrouvé par terre. Le sol tremblait très fort et il était impossible de se tenir debout. Je me suis accroché à un lit pour ne pas me retrouver étendu de tout mon long par terre, sur le dos. Une des lampes à huile a fait un vol plané au-dessus de nos têtes. Billy a crié quelque chose d'incompréhensible. Une fenêtre a éclaté. Je me suis accroupi pour ne pas recevoir des éclats de verre. Les explosions se suivaient sans relâche tandis que je restais accroché à mon lit.

Il y a eu un bref temps d'arrêt. Puis les mitrailleuses ont commencé à canarder les baraques voisines.

— Couche-toi, Billy! ai-je crié en me cachant sous le lit.

Il s'est jeté par terre, et sa tête s'est retrouvée contre la mienne. L'instant d'après, des balles transperçaient le toit de notre baraque et faisaient voler en éclats la seule fenêtre restante.

Au bout de quelques minutes, les bombes se sont arrêtées, mais les canons antiaériens ont continué de tirer tandis que nous enfilions nos bottes et nous précipitions dehors. Notre terrain d'aviation était plein d'énormes cratères. Deux Sopwith Pup étaient en feu. Le hangar était encore intact grâce à nos défenses de sacs de sable. Quand je me suis retourné pour regarder notre baraque, j'ai eu le souffle coupé. Un morceau de métal de la grosseur de mon poing s'était fiché dans un des sacs de sable près de la porte. J'ai secoué la tête. Sans cette protection que nous avions installée la veille, cet éclat d'obus aurait facilement pu traverser le mur.

Après l'appel, nous avons compté deux morts : un

mécanicien et une infirmière. Le mécanicien avait reçu un éclat d'obus. La pauvre infirmière venait de terminer son quart de travail et n'avait pas pu se mettre à l'abri quand les avions avaient survolé la base. Elle avait été tuée par des balles, et non par une bombe. On lui avait tiré dessus alors qu'elle fuyait en courant!

— On y va! *Maintenant,* ai-je dit à Billy et Ashcroft, avec une voix tremblante de colère. On décolle! On peut les rattraper.

— Du calme, Tricotin! a dit Billy.

Il a aidé à installer le corps de l'infirmière sur le brancard, puis s'est retourné vers moi. En baissant la voix, il a dit :

— On a massacré leur hôpital quelques jours avant Noël.

— *Quoi?* me suis-je exclamé.

Ashcroft s'est approché pour ne pas qu'on l'entende me parler.

— Il y avait de la fumée partout, Tricotin. Je jure devant Dieu qu'on ne pouvait pas voir ce qu'on faisait. Le bâtiment n'était pas identifié par une croix, du moins pas à notre connaissance. Quand 50 bombes sont lâchées en même temps et que tu zigzagues entre les obus antiaériens, tu ne peux pas tout voir. J'ai tiré sur tous les bâtiments que je pouvais distinguer.

Billy a donné un coup de pied dans le sol encore fumant.

— Le lendemain, le lieutenant-colonel a reçu un télégramme de la part des Boches. Nous étions autant sous le choc que lui.

J'ai enfoui mon visage dans mes mains. Pas étonnant que les Allemands nous aient attaqués de cette façon! Pourquoi tout était-il si compliqué? Cette infirmière était à peine plus âgée que Nellie.

Billy a posé sa main sur mon épaule.

— Du calme, Tricotin, a-t-il dit. Un peu de patience. On a quelques feux à éteindre, puis on va leur courir après et on va les massacrer encore deux fois plus.

On nous a dit d'être prêts pour 8 h le lendemain matin. Billy, Ashcroft et moi avons siroté notre café en attendant dans le noir. J'étais tendu. Je n'avais pas piloté depuis un certain temps et je me retrouvais une fois de plus devant un nouvel appareil. Mes amis m'avaient vanté les mérites du Sopwith Pup, mais il fallait que j'en fasse décoller un pour le constater moi-même.

Ashcroft a écrasé son mégot et m'a regardé, le visage éclairé par le feu qui brûlait dans le poêle à bois de notre baraque.

— Tu dois faire très attention à leur Jasta 11, mon Tricotin, m'a-t-il dit.

— Pourquoi donc?

— Ils ont un pilote qu'ils appellent le Baron rouge, m'a-t-il expliqué. Le baron van Richthofen, de son vrai nom. Il pilote un Albatros D.II. Il est complètement fou. Il est loin d'être le meilleur pilote que j'ai rencontré, mais il n'a peur de rien et il est rusé comme un renard. Il pilote avec son frère, paraît-il.

— Ils pilotent tous avec quelqu'un de leur famille! a grommelé Billy. Tous des aristocrates, ces pilotes allemands. Pas des fils de fermiers comme nous!

— Et ils semblent toujours surgir directement de l'intérieur du soleil, a ajouté Ashcroft. Ils montent à très haute altitude. Ensuite, ils se placent dans notre angle mort, avec le soleil qui les rend presque invisibles.

— La bonne nouvelle, c'est qu'il pleut tellement sur les champs de bataille que cette pauvre Jasta 11 ne peut pas souvent compter sur l'aide du soleil, a dit Billy en souriant ironiquement.

— Encore une chose, Tricotin, a dit Ashcroft en interrompant Billy. Ils se sont donné le nom de « Cirque volant » et ils attaquent en groupe, tous en même temps, plutôt qu'à deux ou trois avions seulement.

Drôle de nom, me suis-je dit. J'ai essayé d'imaginer ce que ça donnait dans les airs.

La patrouille a reçu son ordre de décollage, et je me suis retrouvé assis dans le poste de pilotage du magnifique et intrigant Sopwith Pup. Billy et Ashcroft avaient raison. Les commandes étaient extraordinaires. Le décollage se faisait en douceur. Je m'étais inquiété pour rien : toutes mes connaissances de pilote me sont revenues en une seconde. La seule chose qui m'embêtait, c'était que ma main avait recommencé à trembler. J'avais oublié ce problème pendant mon séjour à Redcar. Et voilà que c'était revenu! Je me suis demandé si Robert criait encore durant la nuit.

Le ciel a blanchi à l'est, nous dévoilant des nuages annonciateurs de pluie. Nous étions cinq, chacun étant assis dans l'unique siège d'un Sopwith Pup. J'ai souri derrière ma visière. Quel beau spectacle, de nous voir ainsi assis dans ces nouveaux avions aux lignes élégantes. Si seulement Nellie avait pu être là!

Nous avons volé en formation serrée et, à voir le visage concentré des autres pilotes, il était évident que monter ainsi au front était une affaire sérieuse. Du coin des yeux, j'ai regardé mes amis faire des rituels comme resserrer leur mentonnière ou faire le signe de la croix. Billy tapotait le flanc de son Sopwith Pup comme on le fait pour rassurer un cheval nerveux. Nous sommes restés à basse altitude pendant près d'un mille et j'ai pu voir plus clairement que jamais à quoi ressemblait l'univers de Robert.

Le petit matin éclairait d'une lumière blafarde une scène d'extrême désolation. De là-haut, on aurait dit que la terre avait été nettoyée de toute forme de vie. Le sol était criblé de trous, comme une vieille couverture mitée. Des tranchées couraient en zigzags jusqu'à perte de vue. Des canons brisés et d'autres armes lourdes gisaient, abandonnés là où ils avaient été touchés par l'ennemi. Il y avait aussi des cadavres, beaucoup trop nombreux.

En voyant cette scène, j'ai frissonné. Pas étonnant que Robert ait des cauchemars. Et pas surprenant non plus qu'il se soit demandé s'il allait s'en sortir vivant. Qui pourrait vivre dans un endroit aussi sinistre? Je me suis rappelé ce qu'il avait dit à propos des pilotes et de leurs avions, et j'ai compris que, sans l'ombre d'un seul doute, ces hommes combattant au sol faisaient face à un défi beaucoup plus funeste que nous.

Nous sommes restés dans nos lignes et nous avons survolé nos tranchées, ne faisant qu'une courte incursion au-dessus du *no man's land*. À certains endroits, il y avait un écart de seulement 300 verges entre nos tranchées et celles de l'ennemi, et nous pouvions nous faire tirer dessus depuis le sol. Il faisait assez clair pour que je distingue les nôtres recroquevillés dans leurs tranchées. Un soldat a brandi sa gamelle pour nous saluer.

J'ai joué avec le vent pendant un instant et j'ai fait vaciller mon Sopwith Pup pour tester sa maniabilité en vol. C'était un appareil extraordinaire, et je me suis senti réconforté de pouvoir me concentrer sur le pilotage de mon avion plutôt que de regarder les horreurs qu'on voyait en bas.

Soudain, Ashcroft a fait un signe de la main pour attirer notre attention. Il a pointé son doigt vers l'avant, puis il a fait « cinq » avec les doigts de sa main. Billy lui a répondu par un signe de la main et a approuvé de la tête. Il m'a fallu quelques secondes pour repérer les avions ennemis. Ils se dirigeaient vers le *no man's land* et n'avaient donc pas encore franchi nos lignes. Avec un peu de chance, ils manqueraient de carburant.

Billy a viré sec pour aller les intercepter. Nous l'avons suivi. Mon admiration pour nos nouveaux avions ne cessait d'augmenter. Leur vitesse d'ascension était beaucoup plus importante que celle des Strutter.

Les Allemands nous ont repérés et se sont mis à grimper. Toutefois, ils ne faisaient pas le poids contre nos Sopwith Pup, et nous sommes restés au-dessus d'eux, ce qui nous donnait l'avantage.

Nous avons entamé la bataille juste au-dessus de nos tranchées. Quel spectacle pour ceux qui étaient au sol : un combat à cinq contre cinq, avec les Sopwith Pup de notre côté et deux Albatros D.II et trois Halberstadt D.II du côté des Allemands. Je me suis demandé si le Baron rouge était parmi eux. Mais quand le premier avion ennemi est passé près de nous, j'ai vu à ses marques qu'il n'appartenait pas à la Jasta 11. Le Baron rouge n'était pas leur chef, mais c'étaient de bons pilotes.

Ashcroft a été touché dès le début. Une épaisse

fumée sortait de son fuselage, et il s'est retiré de la bataille. J'étais soulagé de voir qu'il bougeait la tête pour regarder autour de lui. Au moins, il était en vie! Puis j'ai dû me battre pour sauver ma peau et je l'ai perdu de vue. Un Albatros est arrivé par en dessous et s'est penché sur le côté, exactement comme je l'avais fait pour pratiquer en arrivant. Je l'ai esquivé, puis j'ai ouvert le feu quand il m'a dépassé. Mes balles ont touché le poste de pilotage et le pilote s'est effondré vers l'avant. Tout s'est passé si vite que j'étais surpris de voir l'avion plonger en spirale, laissant derrière lui une traînée de fumée qui sortait de son moteur. Puis il y a eu une explosion, et l'avion a pris feu en plein ciel.

— Touché! ai-je crié.

Mais ce n'était pas le moment de penser à mon bon coup, car un Halberstadt est passé juste au-dessus de mon aile supérieure. Je l'ai suivi pendant un moment, mais il se déplaçait trop vite pour que je puisse le rattraper. J'ai regardé autour de moi, à la recherche d'une nouvelle proie.

Partout où je regardais, des avions descendaient en plongée ou faisaient des boucles, et les mitrailleuses pétaradaient au milieu de toutes ces acrobaties. Les Allemands ne s'étaient pas trompés en baptisant leur escadrille du nom de Cirque volant. Leurs avions étaient plus rapides et mieux armés, mais nos Sopwith Pup étaient fabuleusement maniables. Je me suis placé derrière un Halberstadt et j'ai tiré. Les balles sont passées dans le vide, sous le train d'atterrissage. Le pilote corrigeait sans cesse son altitude et volait en zigzags. Je le suivais de près et le canardais chaque fois que sa queue était dans ma ligne de mire.

Soudain un Albatros a viré, puis s'est mis à accélérer. Je ne pouvais pas le rattraper, mais mon Sopwith Pup virait si aisément que je l'ai retrouvé dans ma ligne de mire. J'ai tiré une autre salve, puis me suis préparé à tirer de nouveau.

Tout d'abord, on aurait dit que rien ne s'était passé. Je voyais le pilote qui tentait d'ajuster quelque chose dans son poste, probablement les gaz, quand son moteur a craché un panache de fumée. Puis son nez a piqué vers le bas et j'ai lâché un cri de victoire. Près de son poste, le pilote avait peint une tête de mort avec deux os croisés. J'ai mémorisé l'image afin de m'en servir pour l'identifier plus tard dans mon carnet de bord. Il allait s'écraser dans notre territoire, semblait-il, et nos soldats allaient s'en occuper. Il a bien manœuvré ses ailerons et, s'il était bon pilote, il s'en tirerait sans trop de dommages.

Quand j'ai viré pour revenir, les deux autres Albatros et les Halberstadt fonçaient au-dessus du *no man's land*, en direction de l'Allemagne. De toute évidence, ils étaient à court de carburant et ne pouvaient pas se permettre de combattre une minute de plus. Nous nous sommes remis en formation, et j'ai cherché Ashcroft des yeux. J'ai regardé en bas, mais il n'y avait aucun signe de lui. Tout ce que je voyais, c'était la terre trouée de cratères et des hommes minuscules qui couraient en file comme des fourmis à l'ouvrage. Nous sommes descendus à une centaine de verges à l'intérieur de nos lignes et nous l'avons cherché en volant en rase-mottes, mais sans succès. Billy nous a fait rentrer à la base.

— Ashcroft était en vie, ai-je dit après l'atterrissage. J'ai vu sa tête qui bougeait pour regarder autour de lui.

Nous avons marché vers le hangar. Malgré moi, je pensais au pauvre Williams qui s'était écrasé contre un arbre après avoir survécu à une bataille.

Billy a dû y penser aussi, car il n'arrêtait pas de demander aux autres s'ils savaient quelque chose.

— Est-ce que quelqu'un a vu où son avion est descendu? a-t-il demandé.

— Dans le *no man's land*, sûrement, a dit l'un des pilotes. Il s'éloignait de nos lignes en faisant de son mieux pour empêcher son avion de piquer du nez.

Billy et moi avons échangé un regard. Il pouvait y avoir plusieurs raisons à ce problème. Son manche à balai avait peut-être été endommagé par une balle, mais au moins, ses ailerons fonctionnaient encore et pouvaient maintenir l'avion dans les airs. S'il était lui-même blessé, alors on ne pouvait pas savoir ce qu'il pouvait faire et ne pas faire. Je me suis accroché à la dernière image que je gardais de lui; la tête qui bougeait pour regarder autour de lui, toujours vivant.

J'ai eu du mal à écrire mon rapport de mission alors qu'Ashcroft manquait à l'appel. Je n'arrêtais pas de me retourner, dans l'espoir de le voir arriver et dire quelque chose de drôle. Un des pilotes m'a donné une tape sur l'épaule et a dit que j'allais obtenir une médaille pour avoir abattu deux avions ennemis lors de la même mission. L'absence d'Ashcroft m'empêchait de me réjouir. Je me suis appliqué à bien écrire, en reproduisant telles quelles les marques que j'avais vues sur l'Albatros et le Halberstadt.

De retour dans notre baraque, je me suis assis sur ma couchette et j'ai dit une prière à voix haute pour Ashcroft. Billy a retiré son casque et a murmuré :

— J'espère vraiment qu'il s'en est tiré.

Juste avant minuit, la porte de notre baraque s'est ouverte et une silhouette a traversé la pièce, puis s'est arrêtée devant le poêle.

— Billy? ai-je appelé, à moitié endormi.

— Salut, Tricotin! a dit une voix au ton enjoué.

— Ashcroft! me suis-je exclamé.

Je suis sorti du lit et je l'ai serré dans mes bras.

Billy est venu me rejoindre. Nous nous sommes pris tous les trois par les épaules et nous avons tourné en rond comme des gamins. Ashcroft avait une coupure à la joue, déjà recousue, et un œil au beurre noir. Sinon, il n'avait pas l'air trop mal en point.

— Vive les Australiens! a-t-il dit. Deux de leurs gars m'ont sorti de l'avion, dans le *no man's land*. Puis on a couru vers nos lignes, avec les Boches qui nous tiraient dessus de partout.

D'autres gars se sont joints à nous et Ashcroft a répété son histoire en détail trois fois. Il l'avait échappé belle, c'était le moins qu'on puisse dire.

Des balles avaient transpercé son alimentation en carburant et son moteur avait perdu de la puissance. Il se voyait déjà mort quand de la fumée était apparue près de son hélice. Mais les dommages étaient mineurs. Les flammes s'étaient vite éteintes et, par chance, il avait réussi à maintenir son avion en vol. Il avait atterri dans le *no man's land* en s'écrasant presque. Il avait rebondi deux fois, puis avait perdu son train d'atterrissage. Il était arrivé dans un énorme cratère où son avion s'était renversé. Quoiqu'un peu sonné sur le coup, il avait réussi au bout de quelques minutes à détacher sa ceinture de sécurité, puis il s'était hissé hors de son avion. Il était trop sonné pour arriver à marcher. Il était donc resté étendu dans le cratère pendant un bon moment.

— J'entendais du bruit et j'ai cru qu'une bande de rats des tranchées s'en venait grignoter mes bottes, a-t-il dit avec un sourire. Mais c'étaient nos gars, des

Australiens plus précisément, qui s'étaient faufilés dans le *no man's land* pour me porter secours.

Il s'est essuyé le front du revers de la main, puis a poursuivi.

— Il y avait beaucoup de coups de feu. Les Boches avaient dû envoyer des éclaireurs. Je n'ai pas montré le bout de mon nez. Soudain, j'ai senti qu'on me tirait par les pieds. Puis nous avons couru en zigzags à travers un labyrinthe de cratères pour éviter d'être touchés. Les balles touchaient le sol juste à nos pieds ou sifflaient au-dessus de nos têtes. Nous avons franchi nos lignes. J'ai sauté dans un camion, et on m'a ramené ici. Des bons gars, ces Australiens. Ils m'ont sauvé la vie!

Nous sommes restés silencieux pendant un instant, jusqu'à ce que Billy déclare :

— Levons nos verres à la santé d'Ashcroft et à son retour parmi nous!

Tandis que nous trinquions, Ashcroft a ajouté :

— Et à celle des Australiens, qui connaissent le sens du mot courage!

Chapitre 10
Février 1917

Durant ce mois sombre et très froid, nous avons volé presque tous les jours. Je n'ai jamais été si fatigué ni si excité de toute ma vie. Je ne pouvais plus me passer de café et j'en buvais matin, midi et soir. Heureusement, je me suis tenu loin de l'alcool, contrairement à Billy et à Ashcroft qui en abusaient un jour sur deux. La tension, nerveuse et émotive, était forte, surtout après avoir frôlé la mort, et on pouvait difficilement nous blâmer d'avoir envie de prendre un verre. Mais il y avait des conséquences. Par deux fois à l'aube, Billy est arrivé sur la piste en titubant, après une longue nuit de beuverie. Si je ne l'en avais pas empêché, il aurait encore trinqué juste avant de monter dans son avion.

— Tu es encore soûl! lui ai-je fait remarquer un jour, alors que son hélice démarrait.

Il m'a regardé d'un air insulté et a dit :

— J'aime tirer sur les…

Il s'est arrêté de parler parce qu'il avait le mot « Albatros » sur le bout de la langue. Puis il a fait un geste de la main comme pour dire « Tant pis! » et s'est repris et a dit :

— J'aime leur tirer dessus quand je suis soûl.

Je me tenais sur le marchepied de son Sopwith Pup. Il m'a tapoté l'épaule et a ajouté :

— À vrai dire, je tire mieux quand je suis soûl que toi quand tu es sobre.

J'ai sauté par terre et j'ai couru jusqu'à mon appareil. Si je ne me hâtais pas, cet idiot allait se lancer seul à l'attaque de la Jasta 11.

L'équipe au sol a préparé mon avion et l'hélice venait tout juste de démarrer quand Billy nous a dépassés à toute vitesse avant de se lancer à l'assaut du ciel. C'était le pire décollage que j'aie vu depuis très longtemps.

Un des mécaniciens m'a regardé d'un œil interrogateur.

— Je sais, je sais, ai-je crié. C'est un imbécile, mais je vais le rattraper.

Il n'a rien répondu, puis m'a fait le salut militaire quand je me suis dégagé de mes cales. Deux autres pilotes volaient avec nous. Ils s'appelaient Rogers et Bunyan; ils étaient canadiens. Ils connaissaient Billy assez bien pour se rendre compte de ce qui venait de se passer. Ils se sont empressés de venir me rejoindre.

Billy volait à une vitesse folle. Il m'a fallu dix minutes pour le rattraper. Les deux autres étaient loin derrière nous. J'ai parcouru le ciel des yeux : rien en vue. Les canons grondaient, en bas. J'ai secoué la tête en me demandant si Billy avait encore assez de jugeote pour rester en altitude, hors de portée des canons antiaériens. Quand il s'est approché de notre ligne de front, et donc du *no man's land*, je me suis placé à côté de lui. Sa visière n'était pas en place. À quelques reprises, il a tenté de la fixer à son casque, mais sans succès.

Bunyan nous a rattrapés. Il s'est placé de l'autre côté de Billy et l'a vu d'encore plus près que moi. Rogers est passé à une centaine de pieds au-dessus de nous pour voir si l'ennemi était en vue. Billy a finalement renoncé à fixer sa visière et a levé les deux mains en l'air. Bunyan a crié pour attirer son attention et l'a menacé de son poing. Puis il a pointé son doigt vers le sol. Billy a secoué la tête : *Non!* Bunyan a perdu patience et, avec ses mains, il a fait comme s'il allait l'étrangler. Puis il a encore indiqué le sol avec son doigt. Finalement, Billy a viré sur son aile et est retourné vers l'aérodrome.

Bunyan a atterri le premier et marchait sur la piste à grands pas quand Billy s'est posé. Il a mal manœuvré, mais pas au point de perdre son train d'atterrissage. Bunyan s'est placé au pied du poste de Billy et lui a dit de descendre. Billy est descendu lentement. Quand ses pieds ont touché la piste, Bunyan l'a saisi par le collet et l'a vite entraîné jusqu'aux baraquements. J'ai voulu les suivre, mais Rogers m'a attrapé par la manche pour m'arrêter.

— Du calme, Tricotin! a-t-il dit. Il ne recevra que ce qu'il mérite et ça ne lui fera pas vraiment mal.

Bunyan et Billy ont disparu derrière la baraque 4. Les gars de l'équipe au sol, intrigués par ce qui se passait, avaient du mal à se concentrer sur les avions. Rogers a grillé une cigarette et nous sommes restés sur place sans parler pendant un petit moment.

Bunyan et Billy sont revenus peu après. Ils n'avaient plus ni casques ni gants et avaient tous les deux les cheveux ébouriffés. Billy saignait du nez. Bunyan semblait avoir reçu un coup dans l'œil. Rogers a écrasé son mégot.

— On dirait qu'ils en sont sortis à égalité, a-t-il dit. Billy lui a donné du fil à retordre. Moi, face à Bunyan, je serais tombé au premier coup.

En s'approchant de nous, Bunyan a posé son bras sur les épaules de Billy et ils se sont serré la main.

Cet incident n'a pas été rapporté. Dans mon carnet de bord, j'ai écrit : *Pilote malade, forcé de rentrer après avoir parcouru 3 milles.* Les autres ont tous écrit la même chose.

Billy souffrait d'engelures au menton. Le médecin lui a dit que, s'il était resté plus longtemps là-haut, il aurait perdu le tiers inférieur de son visage. Après ça, Billy a cessé de boire pendant quelques jours. Le jour où il a recommencé, il a couvert son verre de sa main quand Ashcroft a voulu le remplir pour la quatrième fois.

— Non merci, Ashcroft, a dit Billy. Je ne voudrais pas avoir à faire passer Bunyan une seconde fois pour une fillette.

En aparté, il m'a dit :

— Si je n'avais pas paré son coup à temps, il m'aurait cassé le nez.

Puis il a roulé les pointes de sa moustache et a dit à voix basse :

— Hourra!

Une semaine plus tard, trois d'entre nous ont fait la patrouille à l'aube. La veille au soir, nous avions eu vent d'une attaque que les Boches préparaient pour le lendemain matin, et le lieutenant-colonel voulait que nous sortions régulièrement pour patrouiller le ciel, malgré le mauvais temps. Durant cette période, nous étions si souvent en vol que peu nous importait si les Allemands se préparaient ou non à attaquer. Jour après jour, soit nous attaquions, soit nous contre-attaquions.

Nous volions en V, avec Ashcroft en tête et Bunyan et moi de chaque côté. Le plafond était bas et nous avons retrouvé un ciel dégagé à 8 000 pieds d'altitude. Nous y avons aussi trouvé sept chasseurs allemands qui passaient dans ces hauteurs. En sortant des nuages, nous avons surpris les Allemands tout autant qu'ils nous ont surpris. Sur le coup, Ashcroft a voulu amorcer un virage. Il l'a fait par réflexe, comme s'il avait hésité pendant une demi-seconde, considérant la possibilité de rebrousser chemin. L'instant d'après, il maintenait son cap et nous entraînait dans la bataille.

Mon pouls s'est accéléré et ma main s'est mise à trembler. J'ai jeté un coup d'œil du côté de Bunyan. Il a hoché la tête, mais ne m'a pas signalé s'il avait l'intention de se battre et si oui, de quelle façon. Si nous avions eu un avion de plus avec nous, nous nous serions séparés en deux tandems, l'un attaquant et l'autre assurant la défense. Mais au moment de quitter l'aérodrome, l'appareil de Rogers avait eu des ratés, et Ashcroft nous avait fait décoller sans lui. Je me demandais encore comment nous allions nous y prendre pour affronter sept avions quand Ashcroft nous a fait signe. Bunyan et moi avons augmenté les gaz et nous sommes rapprochés de lui.

Vingt secondes plus tard, nous avions les Boches sur le dos. L'avion du chef d'escadrille était d'une autre couleur que les autres, d'un rouge éclatant. Deux avions en marge de leur formation se sont détachés, et je les ai perdus de vue quand nous nous sommes engagés dans un premier affrontement. Ashcroft a viré sec à bâbord et j'ai suivi. Bunyan a disparu sous moi, dans l'espoir d'échapper à une attaque sur son flanc. J'ai réussi à rester près d'Ashcroft et l'ai couvert en repoussant un Albatros qui le canardait sur son flanc gauche. Un objet peint en rouge est passé, rapide comme l'éclair, dans ma ligne de mire, puis a disparu.

Quand nous avons viré pour revenir, l'ennemi nous a assaillis par le bas et par le haut. Plus que jamais, je comprenais pourquoi ces pilotes allemands avaient décidé de s'appeler le Cirque volant. Ils étaient partout dans le ciel, à bord de leurs tout nouveaux Albatros D.III, capables de grimper rapidement à une grande altitude.

La peur nuit à la concentration. De la sueur perlait sur mes tempes. Un Albatros a surgi devant moi, dans une tentative pour échapper aux tirs d'Ashcroft qui l'attaquait. Le Boche a viré à bâbord, une manœuvre destinée à m'exposer à ses tirs de mitrailleuse. Instinctivement, j'ai viré à tribord. Quand la distance a été assez grande entre nous, je suis revenu en réduisant ma vitesse et me suis placé derrière lui, un peu en contrebas. Le tireur ne pouvait pas me toucher sans tirer en même temps dans sa queue.

Juste au moment où j'allais tirer, j'ai perdu un peu de puissance et j'ai manœuvré mes ailerons pour empêcher mon Sopwith Pup de piquer du nez. L'hélice a eu quelques ratés, et j'ai senti mon estomac tomber dans mes talons. De la fumée est sortie de mon fuselage.

Ashcroft et Bunyan étaient introuvables, et l'ennemi continuait de tournoyer au-dessus de moi. La présence de l'Albatros, qui ne me lâchait pas, était encore plus inquiétante. Il m'a talonné tandis que je descendais. J'ai serré mes épaules, prêt à me faire tirer dans le dos. Mais le pilote n'a pas tiré et je me suis tourné vers lui. Il a examiné le ciel autour de lui, puis a brusquement augmenté les gaz pour pouvoir me dépasser.

En arrivant au niveau de mon appareil, il ne m'a pas dépassé, mais s'est plutôt ajusté à ma vitesse. Nos avions se touchaient presque du bout des ailes. Nous nous sommes dévisagés pendant un instant, malgré les bouffées de fumée qui sortaient de mon moteur et qui m'empêchaient régulièrement de le voir. Je ne pouvais pas très bien distinguer son visage, car tout comme moi, il était protégé contre les intempéries. Mais il se dégageait de ses gestes et de sa personne une détermination qui était fascinante. C'est alors que j'ai remarqué son fuselage peint en rouge.

Mon hélice s'est arrêtée une fois de plus et n'a pas redémarré. J'ai jeté un dernier regard au pilote qui volait à mon côté. Il a hoché la tête, m'a fait le salut militaire, puis a viré sec tandis que mon avion plongeait vers le sol. Privé de la puissance de mon moteur, je me sentais à la merci du moindre coup de vent. Avec son moteur, le Sopwith Pup volait comme une hirondelle, mais privé de sa puissance, il pouvait se retourner à tout moment et descendre en spirale. Au moins, mon moteur ne fumait plus. Les nuages cachaient le sol, en bas, et j'en étais réduit à espérer que je ne me dirigeais pas vers des arbres ou au haut d'une colline. Je n'arrivais pas à savoir si mon avion planait vers le territoire ennemi ou le nôtre, car, pendant tout ce temps, mon attention était restée fixée sur la bataille. Au moins, il y avait beaucoup moins de fumée.

Quand je suis entré dans l'épaisse couche de nuages, le Sopwith Pup a été secoué par les turbulences. Là encore, il voulait piquer du nez.

— Allez, mon bébé, ai-je crié. Redresse-toi! Vite, vite, vite!

À environ 1 000 pieds d'altitude, les nuages se sont dissipés assez pour me permettre de voir le terrain. Il était couvert d'arbres! En désespoir de cause, j'ai voulu redémarrer. Étonnamment, le moteur s'est remis à tourner! J'ai tiré le manche à balai vers moi et j'ai repris de l'altitude. Quelques minutes plus tard, je suis revenu à l'horizontale. Ne sachant pas si mon moteur allait encore faire des siennes, j'ai mis le cap directement sur la base, me considérant chanceux d'être encore en vie et d'avoir une bonne histoire à raconter à Billy.

Chapitre 11
Février et mars 1917

De retour à la base, j'ai appris que Bunyan était mort. Selon l'équipe au sol, on l'avait retrouvé avec une balle dans la tête, déjà mort avant l'écrasement de son appareil.

Quand mon appareil s'était mis à plonger, la Jasta 11 avait impitoyablement poursuivi Ashcroft et Bunyan. Ashcroft avait été touché une fois à la poitrine et une autre, dans un pied. Il avait perdu connaissance et s'était mis à descendre en plongée. Le Boche l'avait laissé aller en se disant qu'il était mort. Mais Ashcroft avait repris connaissance et avait réussi à redresser son avion. Il avait atterri par miracle et on l'avait emmené à l'hôpital de la base. Quand je l'ai revu, le lendemain matin, le docteur venait de retirer la balle de sa poitrine.

Billy est arrivé et m'a serré très fort dans ses bras.

— Je le savais! a-t-il dit. J'en étais sûr. Tricotin est protégé par un ange gardien qui ne nous laissera pas facilement tomber.

En me voyant regarder Ashcroft, il s'est un peu refroidi.

— C'est fini pour lui, a-t-il dit d'un ton grave. Je ne veux pas dire qu'il va mourir. Non, pas lui. Mais il en a fini avec cette guerre.

Il a soulevé la couverture à l'autre bout du lit. Le pied droit d'Ashcroft n'était plus là.

— Son pied a été réduit en bouillie, a murmuré Billy.

Nous étions en état de choc, à voir notre ami en si mauvais état.

— Le sait-il? ai-je demandé tout bas.

— Il ne s'est pas réveillé depuis qu'il est arrivé, a-t-il répondu en secouant la tête. Ce n'est pas bon signe, mais le docteur dit qu'il pourrait s'être frappé la tête en atterrissant. Ce qui est sûr, c'est qu'il a une commotion. C'est donc très probable. En ce moment, il dort.

Ce soir-là dans notre baraque, Billy a soudain levé les yeux de son verre et a dit :

— Selon toi, combien de Boches suis-je capable de tuer d'un seul coup?

Je l'ai regardé quelques secondes, ne comprenant pas.

— Combien pourrais-je en tuer? a-t-il répété. Je veux dire avant qu'ils m'abattent.

— Je ne sais pas, ai-je répondu.

— Je veux en descendre cinq pour compenser la mort de Bunyan et cinq autres pour avoir blessé Ashcroft, a-t-il dit. Est-ce que ça te semble raisonnable?

Comme je ne répondais pas, il a changé de sujet. Mais il a flanché et sa voix s'est brisée. C'était terrible de le voir dans cet état. En retenant un sanglot, il a ajouté :

— Je les *déteste*, Tricotin! Je déteste tous les Boches. Je veux les voir morts. Qu'ils paient pour cette maudite guerre. Ils ont tué mon frère et maintenant ils tuent mes amis.

Je me suis dirigé vers notre petite table. J'ai pris la tasse d'Ashcroft et la mienne, et j'y ai versé un peu de rhum, puis je suis retourné auprès de Billy. Il m'a regardé en écarquillant les yeux.

— Mais tu ne bois jamais, Tricotin! a-t-il dit.

— Non, en effet, ai-je rétorqué. Mais je le fais aujourd'hui pour Ashcroft et pour toi. Ce sera la seule fois.

J'ai levé la tasse de notre ami blessé.

— Et on va lever notre verre à la mémoire de Bunyan, mais une seule fois, car on sait ce qu'il pensait des pilotes et de l'alcool, ai-je ajouté.

— Oui, on sait ce qu'il en pensait, a rétorqué Billy

en se frottant le nez distraitement.

— À Ashcroft, ai-je dit. Et à Bunyan. Beau temps pour les prochains jours!

— À Ashcroft et à Bunyan, a répété Billy.

Le rhum m'a brûlé la gorge et j'en ai recraché la moitié par terre. Billy a ri et m'a tapé dans le dos.

— Sacré Tricotin! s'est-il exclamé. Tu devrais t'en tenir au thé.

Puis il a poursuivi en me donnant un coup de coude :

— On a dit qu'on allait s'entraider, n'est-ce pas? Ensemble on va descendre les Boches.

À ces mots, je me suis rappelé quelque chose.

— Je l'ai vu! me suis-je exclamé.

Il m'a regardé sans comprendre.

— Le Baron rouge, ai-je dit. Je l'ai vu. C'est à cause de lui que je me suis écrasé.

— C'est vrai? a dit Billy.

— Oui! ai-je dit. Il a endommagé mon moteur, puis il s'est placé à côté de moi tandis que je me débattais pour maintenir mon cap avec le Sopwith Pup. Il aurait très bien pu m'achever. À la place, il a attendu que mon hélice cesse de tourner, puis il est parti tandis que je plongeais. C'était très étrange.

Billy a pris une dernière goulée.

— J'aimerais bien le rencontrer, a-t-il dit. Et j'espère que j'aurai la chance de voir son avion peint en rouge plonger vers la Terre.

Au cours des semaines suivantes, nous avons volé sans relâche. Billy a perdu beaucoup de poids et son visage est devenu émacié. En me regardant dans le miroir, j'ai moi-même été surpris de voir à quel point j'avais changé. J'avais les yeux très cernés et moins de cheveux. Le docteur a dit que la calvitie était due au stress et que ça repousserait. Nellie me manquait énormément, mais j'étais plutôt content qu'elle ne me voie pas dans cet état.

Nous avions continué à correspondre et rien ne laissait croire qu'elle avait perdu de son affection pour moi. À ma grande joie, une lettre de Sarah m'est aussi arrivée, dans laquelle elle racontait que tout allait bien à la maison. Ma mère avait eu une très forte fièvre, mais s'en était remise. Sarah avait reçu une lettre de Robert. Son problème de pied des tranchées avait recommencé et lui causait beaucoup d'inconfort. Sans savoir pourquoi, il semblait y être sujet plus que d'autres. Je me suis rappelé son pied en très mauvais état. La bonne nouvelle, c'est qu'il n'avait pas pu participer aux combats depuis trois semaines et avait été retiré de la ligne de front.

Sarah terminait sa lettre par une nouvelle qui m'a fait extrêmement plaisir.

Nellie et moi entretenons une correspondance et sommes devenues amies. Alors tu as le choix : soit tu viens me chercher et tu m'emmènes en avion en Angleterre soit tu la ramènes chez nous.

— Vais-je devoir te servir de témoin? a demandé Billy, un brin d'ironie dans la voix, quand je lui ai montré cette lettre.

— Bien sûr! ai-je répondu. Je veux dire si nous… Si je…

J'ai rougi, et Billy a éclaté de rire. Cet incident a été l'un des rares moments agréables du début du mois de mars.

Nous avons aussi entendu parler de Raymond Collishaw, ce pilote de la Colombie-Britannique qui était venu me voir quand j'avais été blessé. Il était membre de l'escadrille *Black*, une équipe de pilotes canadiens qui abattaient les avions allemands à une telle cadence qu'ils étaient en train de se faire toute une réputation. Si j'avais su qu'il était un as de notre aviation, je lui aurais serré la main plus longtemps. J'avais eu l'impression que c'était quelqu'un de très bien.

Quelques jours plus tard, on nous a envoyés en mission dans une escadrille plus nombreuse qu'à l'ordinaire. Nous avions l'habitude de voler à deux ou trois, et il n'était pas rare qu'on envoie patrouiller un avion en solitaire. Ce jour-là, toutefois, notre escadrille comptait 12 avions. Il y avait quelque chose d'étrange et d'enthousiasmant de faire partie d'une si grosse formation, comme si nous remplissions tout l'espace et formions une muraille invincible. *Pourquoi ne volions-nous pas plus souvent de cette façon?* me suis-je demandé.

Il y avait plusieurs mois, Ashcroft m'avait confié que les pilotes britanniques étaient tous une bande de fanfarons. « Courageux, mais un peu inconscients, avait-il précisé. Et, malgré tout, dotés d'un sens pratique à toute épreuve. Leur haut commandement est d'avis qu'il vaut mieux faire décoller leurs pilotes par petit nombre à la fois, car ainsi ils ne peuvent pas en perdre plus! Pas comme les Boches qui se tiennent les coudes avec tous leurs cirques aériens! »

Nous avons grimpé à 8 000 pieds d'altitude, puis nous nous sommes placés en formation. Billy et Rogers volaient à mes côtés. C'était étrange de ne pas avoir Ashcroft avec nous, surtout pour une mission en si grand nombre. Il était en Angleterre et attendait d'être rapatrié au Canada pour s'y faire soigner. Nous avions promis d'aller le retrouver à Toronto à notre retour. Maintenant que j'avais traversé l'Atlantique, sa ville natale ne me semblait plus si éloignée. Les derniers mots qu'il m'avait adressés étaient : « Veille bien sur

Billy. Il est capable de faire des bêtises. »

La hiérarchie était bizarre au sein d'une unité de combat aérien et, en ce jour du mois de mars, cela m'est paru très évident. Nous avions perdu tant de pilotes, tués par l'ennemi ou écrasés en avion, qu'on figurait vite parmi les plus expérimentés. De nouveaux gars arrivaient tous les mois, dont plusieurs venaient tout juste d'avoir 18 ans. C'est Billy qui m'a rappelé que je n'étais pas beaucoup plus âgé qu'eux. Avec tout ce qui était arrivé depuis mon départ de la ferme familiale à Winnipeg, j'avais du mal à imaginer que si peu de temps avait passé depuis ce jour.

Nous foncions en grosse formation vers le *no man's land* quand Rogers m'a fait signe, puis a pointé son doigt. Devant nous, en provenance des lignes allemandes, cinq avions de chasse ennemis, dont trois Albatros, arrivaient sur nous. Nous avons changé de cap pour nous diriger vers eux, pas tant pour les intercepter que pour pouvoir les observer de plus près. Ils volaient à 200 pieds plus bas. J'ai attendu que notre chef d'escadrille ordonne d'attaquer, mais il semblait vouloir s'en tenir à les avoir simplement à l'œil tout en cherchant à détecter des mouvements en bas, sur le terrain. Les Allemands nous avaient nécessairement aperçus et pourtant, ils n'ont pas rebroussé chemin.

Le soleil est apparu brièvement entre deux nuages et a éclairé un Albatros au fuselage peint en rouge, volant au centre de l'escadrille ennemie. Billy l'a vu et a aussitôt viré.

— Imbécile! ai-je hurlé.

Puis j'ai vu l'avion rouge se détacher à son tour de sa formation et j'ai eu un frisson dans le dos. Très vite, ils sont tous deux arrivés à la même altitude et allaient entrer en collision.

J'ai suivi Billy, tout comme Rogers, et j'ai mis les gaz pour arriver à le rattraper. Le vent ne m'aidait pas et je le sentais qui me poussait vers les lignes ennemies. Pour la centième fois, j'ai souhaité que Bunyan soit là, prêt à ramener Billy derrière nos lignes.

Tandis que nous approchions avec nos avions, Billy a ouvert le feu et sa mitrailleuse a laissé échapper une traînée de fumée. Le Baron rouge n'a pas tiré.

Rogers s'est placé au-dessus de Billy, en position d'observateur, et je me suis joint à Billy en position d'attaque. Cent verges plus loin, Billy a cessé de tirer, et j'ai vu que, malheureusement, sa mitrailleuse s'était enrayée. Il tentait désespérément de la débloquer. Il était devenu une cible facile. Le Baron rouge a ouvert le feu à une distance de 50 verges. J'ai entendu sa mitrailleuse pétarader, puis plusieurs trous sont apparus dans la toile des ailes de Billy. J'avais déjà vu des ailes se faire complètement déchiqueter par des tirs de mitrailleuses et je n'allais certainement pas laisser le Baron rouge faire ça à mon ami Billy.

Je me suis dégagé de la queue de Billy, puis j'ai tiré quelques salves. En sortant de mon canon, les balles incendiaires se sont enflammées et le pilote allemand a incliné son avion pour les éviter. Puis nous nous sommes croisés à toute vitesse et nous avons viré, comme des chevaliers médiévaux s'affrontant en tournoi. Durant ce bref instant, j'ai reconnu l'avion et son pilote qui m'avait descendu peu de temps auparavant. Pas étonnant que le lieutenant-colonel nous ait envoyés tous ensemble en mission : il en avait assez de ce Baron rouge qui abattait nos gars.

Nous sommes entrés dans un gros banc de nuages et j'ai continué de virer étant sûr que Billy allait faire de même et en minimisant le risque de collision. J'ai pu le voir, l'espace d'un instant. Son aile semblait tenir le coup dans le virage. À travers les nuages, on pouvait apercevoir le sol par intermittence. Un long ruban vert a capté mon attention. Nous nous éloignions de notre ligne de front et dérivions vers l'Allemagne.

Nous avons viré et avons vu que notre formation s'était défaite et que les nôtres étaient engagés dans une énorme bataille. La mitrailleuse de Billy fonctionnait de nouveau et il a tiré dès que nous sommes revenus en ligne droite. Il ne pouvait pas savoir s'il faisait mouche, alors il continuait de tirer. Quelques secondes plus tard, sa mitrailleuse s'est encore enrayée, mais peu importait, l'avion allemand a ralenti et un mince filet de fumée blanche est sorti de son moteur.

— Fuite de carburant! ai-je crié. Ça va sauter! L'avion du Baron rouge va exploser!

La petite fumée blanche était le premier signe indiquant que le réservoir d'un avion était percé et risquait d'exploser. La question était de savoir quelle quantité de carburant s'était répandue autour des pieds du pilote et le temps qu'il faudrait avant qu'une étincelle ou la chaleur du moteur mette le feu au benzène. Billy s'est remis à tirer, mais sa mitrailleuse était toujours enrayée. Quand allait-il apprendre? Il était si plein de haine qu'il était complètement déconcentré.

L'hélice de l'Albatros s'est arrêtée de tourner et le Baron rouge est parti en plongée. Je n'arrivais pas à y croire. En effet la mitrailleuse de Billy s'était enrayée trois fois et je n'avais pu tirer qu'une courte salve, sans même y voir clair.

À la périphérie de mon champ de vision, un objet a attiré mon attention. Je me suis retourné et j'ai aperçu une boule de feu qui tombait du ciel. Elle est passée près de l'Albatros touché, à environ 200 verges. Son pilote a relevé la tête quand l'épave enflammée l'a dépassé et il a levé les deux bras en signe de victoire. L'avion qui plongeait était un Sopwith Pup et il était déjà entièrement détruit. La seconde d'après, un autre avion, un Albatros cette fois, a plongé en laissant derrière lui une traînée de fumée.

J'ai observé le Baron rouge pendant près d'une minute. Il ne faisait aucun doute qu'il allait plonger. J'ai attendu que son avion explose, mais en vain. Billy est venu se placer à ma hauteur et a haussé les épaules. Il m'a fait signe de le suivre, mais j'ai secoué la tête vigoureusement. Quelle ironie! Dire que quelques semaines plus tôt, ce même ennemi avait regardé mon avion tomber en panne, puis plonger. Il aurait pu en finir avec moi pour de bon. Mais il semblait plutôt souhaiter que la Providence choisisse à sa place. Et en effet, c'est peut-être ce qui s'est produit, puisque j'ai décidé de ne pas poursuivre son avion en panne.

J'ai indiqué à Billy la bataille qui se déroulait au-dessus de nos têtes et lui ai fait signe que nous allions les rejoindre. Il s'est retourné plusieurs fois dans son siège pour regarder le Baron rouge, un peu plus bas. Au bout d'un moment, il a approuvé de la tête et, à regret, il s'est placé derrière moi. Quand nous sommes arrivés près des combattants, les trois derniers avions allemands ont viré et ont retraversé leurs lignes. J'entendais les canons antiaériens qui tiraient d'en bas. Nous étions hors de portée et aucun d'entre nous ne voulait franchir ce tir d'artillerie pour aller descendre trois malheureux avions alors que nous étions encore très nombreux. Le jeu n'en valait pas la chandelle!

Nous nous sommes remis en formation et Rogers

m'a fait signe avec ses deux pouces en l'air. J'ai regardé autour de moi pour voir combien de nos avions manquaient à l'appel. Tous les pilotes que je connaissais étaient là. C'était donc un des nouveaux qui s'était fait descendre. Certains d'entre eux avaient très peu d'expérience des combats aériens et, en étant entourés de pilotes chevronnés, ils risquaient fort de perdre leur concentration ou de commettre des erreurs.

On ne pouvait pas affronter impunément les escadrilles allemandes. Elles comprenaient des pilotes de la trempe de Richthofen, le Baron rouge de la Jasta 11, et aussi d'Ernst Udet, de la Jasta 15, et de Werner Voss, de la Jasta 2. Ces hommes méritaient notre respect et nous devions rester prudents en les affrontant. Nous connaissions leurs noms et leurs réputations, et parfois leurs avions aussi. Un pilote inexpérimenté pouvait facilement croire qu'un affrontement entre dix des nôtres et un seul des leurs était une victoire assurée. Ceux d'entre nous qui avaient combattu les chasseurs allemands à plusieurs reprises connaissaient les dangers qu'ils représentaient. Même nos as canadiens, comme Billy Bishop, Billy Barker, Raymond Collishaw et Donald MacLaren, comprenaient l'importance de respecter ces adversaires. Quant à mon ami Billy, ce n'est pas qu'il était arrogant, mais il n'avait plus toute sa tête et ne pensait qu'à se venger.

De retour à l'aérodrome, nous avons appris que

celui qui s'était fait descendre était effectivement un nouveau. Il s'appelait Collins. C'était son premier poste après l'entraînement. Il avait 19 ans.

Billy, Rogers et moi sommes restés tous les trois dans le hangar, à boire du café bien chaud.

— Par moments, j'aimerais avoir la poigne de Bunyan, a dit Rogers, l'air songeur, en regardant Billy. Tu étais complètement fou de vouloir te lancer seul contre le Baron rouge!

Billy a haussé les épaules.

— Il t'a appâté, a continué Rogers. Il attendait que l'un de nous se détache du peloton pour pouvoir te fondre dessus.

Encore une fois, Billy a haussé les épaules.

— Je sais ce que je fais, a rétorqué Billy. Et puis, c'est lui qui a plongé finalement, non?

— Tu as eu de la chance, a dit Rogers d'un ton sévère.

— De la chance? a répliqué Billy. Soit on a les anges de son côté comme Tricotin, soit on se retrouve en enfer comme Collins aujourd'hui.

— Arrête d'essayer de te suicider! ai-je dit. Les Boches sont de bons pilotes. Leurs avions sont bien faits et sont à la hauteur des nôtres ou même, meilleurs. Tu le sais très bien. Pour l'amour du ciel, tu viens juste d'abattre l'un de leurs meilleurs pilotes!

Billy a approuvé de la tête.

— Mais il semblerait que je ne l'ai pas tué, a-t-il répondu. Le capitaine a dit que les Allemands n'ont pas tardé à envoyer un télégramme pour nous annoncer que leur pilote avait atterri sans une égratignure. Ce doit être la chance, a-t-il ajouté en regardant Rogers, parce que les anges sont de notre côté.

— S'cusez-moi, Sirs, a dit une voix qui venait d'au-dessus de nos têtes.

Un mécanicien qui réparait une hélice gauchie est descendu de son échelle.

— Personnellement, je ne suis pas très porté sur la religion, a-t-il poursuivi. Mais je suis sûr que ce sera l'enfer si je n'arrive pas à réparer cette hélice. L'un d'entre vous pourrait-il me passer cette clé à molette?

Notre discussion était terminée.

Chapitre 12
Avril et mai 1917

Le mois suivant a été baptisé « Avril sanglant ». Nous avons volé encore plus souvent que d'habitude, et je me suis mis à prendre les poursuites aériennes un peu à la légère. En vol, je ressentais de moins en moins de peur et de plus en plus d'excitation, comme si l'air m'enivrait. L'insouciance contre laquelle nous mettions en garde les jeunes recrues me gagnait chaque jour davantage quand je décollais. Au sol, je me sentais moulu de fatigue et souvent déprimé. J'avais du mal à m'endormir, surtout quand certains de nos pilotes ne rentraient pas de leur mission. Durant ce mois d'avril, j'ai vu des hommes mourir dans d'horribles conditions. Des deux côtés, le nombre des pertes était très élevé. Chaque semaine, nous levions nos verres à la mémoire de nos amis qui étaient morts au combat.

J'en avais tellement marre de rapporter ces morts dans mes lettres à ma famille ou à Nellie que j'ai fini par arrêter. À la place, je racontais nos parties de soccer et le café incroyablement bon que nous buvions en France. Surtout, je leur disais que j'avais follement hâte de retrouver chacun d'entre eux.

Le 6 avril, une importante nouvelle nous est arrivée : les États-Unis avaient finalement déclaré la guerre à l'Allemagne! En colère à cause des sous-marins allemands qui attaquaient sans cesse les paquebots et les navires marchands, ils s'étaient joints à notre camp. Inutile de dire que cette nouvelle a eu un effet monstre sur nos hommes.

— Les Américains clament sur tous les toits qu'ils vont lancer 20 000 avions à l'assaut des Boches, ai-je entendu dire un pilote tandis que nous nous rendions sur la piste de décollage.

— Je le croirai quand je l'aurai vu de mes propres yeux, a rétorqué un autre.

— En tout cas, ça nous fait une belle jambe pour aujourd'hui, a raillé notre capitaine. Une centaine d'avions de plus, et des meilleurs, ne seraient pas de trop pour affronter ces damnés Albatros.

Ce soir-là, j'ai écrit à Sarah ce qui suit.

Je me demande si ça veut dire que la guerre se terminera bientôt. Les États-Unis sont un grand pays, et cette nouvelle doit faire trembler les Allemands. J'aurais seulement souhaité que cette nouvelle arrive plus tôt. Un grand nombre de bons gars seraient encore vivants à l'heure qu'il est. Mais si l'entrée en guerre des États-Unis peut me permettre de rentrer chez nous, alors il ne me reste plus qu'à espérer qu'ils passent vite à l'action. Et si tu es très gentille, je t'amènerai peut-être quelqu'un.

Moins d'une semaine après que les États-Unis se sont joints aux Alliés, nous avons applaudi à tout rompre en apprenant l'incroyable victoire des Canadiens à la crête de Vimy. Ils s'étaient emparés de la colline, un promontoire bien défendu, utilisé par l'ennemi pour lancer des pluies d'obus sur les troupes alliées. Mais notre allégresse s'est tempérée quand les nouvelles au sujet du nombre des pertes nous sont arrivées. Selon la rumeur, la bataille avait fait plus de 3 000 morts et jusqu'à 10 000 blessés. C'était certes une action d'éclat. Mais à quel prix!

Billy et moi étions si épuisés que nous avons obtenu une permission pour la troisième semaine d'avril. Nos états de service depuis janvier ont été jugés suffisants pour nous valoir ce congé et nos récentes erreurs montraient clairement que nous avions besoin d'une pause. En effet, au cours de la dernière semaine, Billy avait massacré le train d'atterrissage de deux avions en atterrissant. Je m'étais retrouvé deux fois en territoire ennemi, dont une avec deux pilotes inexpérimentés que j'étais censé couvrir.

Au moment de ce second incident, je me suis dit que le vent était extrêmement fort et que j'avais seulement tenté de ramener ces deux pilotes. C'était une demi-vérité. En réalité, pendant quelques minutes, j'avais cessé de suivre les repères géographiques sur mes cartes pour savoir où je m'en allais. C'était un moment de fatigue, d'inattention, un danger qui nous guettait tous quand nous étions trop épuisés. Nous avons été chanceux de rentrer sains et saufs avec les jeunes pilotes. Mais nous n'avons pas été trop surpris quand le lieutenant-colonel a décidé que Billy et moi avions besoin de repos, sinon nous risquions de commettre des erreurs qui coûteraient bien plus cher.

J'avais l'intention de me rendre le plus vite possible à Redcar et à Grimsby. Le lieutenant-colonel nous a permis d'emprunter un avion à deux places pour nous rendre en Angleterre, à condition qu'au retour nous lui rapportions quelque chose de mieux qu'un vieil appareil de reconnaissance R.E.8. C'était beaucoup plus rapide que de prendre le train, puis de traverser la Manche en bateau, alors nous avons sauté sur l'occasion. Billy a accepté de rester avec moi chez Mme Baxter.

— Il est grand temps que je voie ta Nellie, a-t-il dit.

Sur la piste, j'ai regardé notre avion d'un œil critique.

— Quelques conseils à propos de cette petite bête, si vous le voulez bien, Sir, a dit un mécanicien en se dirigeant vers nous et en essuyant ses mains graisseuses sur un linge tout aussi graisseux. Son moteur a pas mal de ratés et a souvent tendance à perdre de la puissance. Heureusement pour vous, vous allez rester dans notre territoire, sinon vous seriez bon pour y goûter!

Les R.E.8, surnommés les Harry Tate, servaient souvent aux missions de reconnaissance et de photographie. J'en avais déjà vu à la base. Ils avaient de bons moteurs, mais étaient peu maniables par comparaison avec nos chasseurs. Celui-là avait encaissé pas mal de coups. Quelques jours plus tôt, six R.E.8 avaient été tragiquement abattus près de Douai par la Jasta 11. Le Baron rouge avait inscrit plus de 40 morts à son tableau de chasse.

— Compris, ai-je répondu.

Puis je l'ai remercié. J'aurais décollé même s'il ne lui restait qu'une seule aile pour aller rejoindre ma Nellie. Et après des mois de stress et de combats incessants, peu m'importaient les risques qu'il y avait à piloter un avion un peu défectueux au-dessus des territoires alliés.

Au moment où je chargeais mon sac, Billy m'a pris par le bras.

— On va s'arrêter à Middlesbrough, a-t-il dit.

— Pourquoi? ai-je demandé.

— Pour acheter une bague, idiot! a-t-il rétorqué.

Et c'est ce que nous avons fait. J'ai acheté une alliance en or, toute fine, mais hautement symbolique.

Au bout de quelques jours de permission, Billy et

moi avons pris le train pour Grimsby.

— Tu as l'air aussi sombre que si tu partais combattre la Jasta 11, m'a taquiné Billy.

— Ce n'est pas le même genre de souci, ai-je répliqué.

— O.K. Je m'occupe de son père! a-t-il dit. Je te fais signe quand ce sera le bon moment.

Nous nous sommes rendus à la ferme pour l'heure du thé et nous avons été accueillis chaleureusement. Billy s'est tout de suite mis à raconter des histoires et, au bout de quelques minutes, M. Timpson et lui riaient ensemble en sirotant de la bière. Ils se sont déplacés vers le perron, puis ont baissé la voix.

— C'est bizarre, a dit Nellie en les regardant à travers la fenêtre.

Debout devant ma belle Nellie, j'ai failli lui offrir la bague sur le champ. J'ai été sauvé par son plus jeune frère qui a foncé tête baissée et m'a saisi à bras-le-corps.

— Allez! Va-t'en! lui a ordonné Nellie.

J'ai fait semblant de lui donner un coup de poing, puis je l'ai laissé partir. En m'inclinant pour la saluer en retirant mon chapeau, j'ai soudain réalisé que j'allais laisser voir mon crâne. Nellie a tendu la main pour toucher ma tête.

— Est-ce une blessure? a-t-elle demandé, un peu inquiète.

J'ai été tenté de lui raconter des histoires, mais avec

Nellie, ça n'allait pas marcher.

— Non, ai-je répondu. Le docteur dit que c'est à cause de la tension nerveuse et que ça va repousser tout seul. C'est en partie pour cette raison que j'ai obtenu une permission.

Elle a tapoté ses lèvres avec ses doigts et m'a regardé, l'air d'en douter. Puis elle a dit :

— Si ça ne repousse pas, alors j'aimerais que tu te rases de la même façon de l'autre côté pour que ce soit symétrique.

J'ai éclaté de rire et l'ai attirée vers moi pour l'embrasser.

— Pas ici! a-t-elle dit en gloussant et en regardant nerveusement autour d'elle.

La porte donnant sur le perron s'est ouverte, et Billy a dit :

— Par ici, monsieur Townend.

J'ai ravalé ma salive, puis j'ai regardé Nellie une dernière fois avant de sortir sur le perron. Billy m'a mis une chope de bière dans les mains et j'ai bu un coup sans réfléchir.

M. Timpson m'a regardé comme il l'avait fait lors de notre première rencontre dans son champ, quand il avait marché vers moi, son fusil à la main. J'ai pris une autre gorgée de bière.

— Monsieur Miller m'a informé que tu avais quelque chose d'important à dire.

J'ai fixé la bière qui clapotait dans ma chope.

— Oui, en effet, monsieur, ai-je répondu. J'ai quelque chose de très important à vous demander.

Billy fixait le plancher des yeux.

— J'écoute! a dit M. Timpson.

Je me suis étouffé avec ma gorgée de bière.

— Je… ai-je bafouillé. Puis-je…

— J'écoute. Qu'avez-vous de si important à me demander? a-t-il dit.

Billy a fait un bruit indéfinissable et a croisé les bras.

Quand j'ai regardé M. Timpson, j'ai vu de toutes petites rides au coin de ses yeux, laissant deviner qu'il s'amusait de moi.

— Monsieur? ai-je demandé stupidement.

Il s'est penché vers moi et a murmuré :

— Tu peux me le demander.

— Puis-je vous demander la main de votre fille? ai-je finalement balbutié.

Billy et M. Timpson ont éclaté de rire et m'ont tourné le dos pour se prendre tous les deux par les épaules. Quand M. Timpson s'est enfin tourné vers moi, il est redevenu sérieux.

— Avec ma bénédiction, mon garçon, a-t-il dit. Il n'y a pas grand-chose à faire à la ferme en janvier et février et ma femme n'a pas arrêté d'en parler.

J'ai déposé ma chope de bière pour pouvoir lui serrer la main, puis je me suis penché pour la reprendre au moment même où il me tendait sa main. Nous avons fini par réussir à nous serrer la main, puis Nellie est apparue sur le seuil et nous a regardés, pleine de curiosité.

— Tu peux y aller, m'a dit M. Timpson en pointant le menton vers sa fille.

J'ai entraîné Nellie plus loin, dans le soir qui tombait, je me suis agenouillé par terre dans la boue et je l'ai demandée en mariage. M. Timpson a approuvé notre union, mais seulement quand elle aurait eu ses 19 ans, ce qui serait dans moins d'un an.

Ce soir-là, c'était difficile de quitter la ferme. Toute la famille nous a accompagnés à la gare pour l'heure du dernier train. Quand j'ai embrassé Nellie, elle n'a pas reculé ni semblé embarrassée comme plus tôt dans la soirée. Le cours de nos vies venait de changer avec l'apparition d'une petite alliance qui lui allait si bien au doigt.

Notre retour en France ne ressemblait pas du tout à notre départ. Tout d'abord, mes fiançailles avec Nellie m'avaient redonné espoir et rendaient moins lourd le fardeau de la guerre. Pendant presque toute une journée, ma main a cessé de trembler. J'ai écrit à mes parents et à Robert pour leur annoncer la nouvelle et j'étais impatient de recevoir leurs réponses à mes lettres. Mais ma main a recommencé à trembler quand on nous a annoncé que nous devions conduire un chasseur jusqu'à une base du RNAS située à Dunkerque.

L'avion de combat Bristol F.2b était un engin plus puissant et performant que le Harry Tate. Il était équipé d'une mitrailleuse Vickers tirant vers l'avant pour le pilote et, à l'arrière, d'une Vickers double montée sur un chariot Scarff. Le chariot se déplaçait sur un rail longeant l'arrondi du poste de pilotage et donnait au tireur une excellente marge de manœuvre pour tirer sur l'ennemi.

Cette fois, Billy était complètement réveillé et un peu plus frais, quoiqu'encore épuisé. De toute évidence, après avoir dormi de longues heures, puis dégusté la bonne cuisine de Mme Baxter, il avait meilleure mine. Et il s'attribuait fièrement le mérite de mes fiançailles avec Nellie.

— Tu n'y serais jamais arrivé sans moi, Paulo, se vantait-il. J'avais le vieux dans ma poche. Tu as de la chance que je n'aie pas décidé de l'épouser à ta place!

En survolant la Manche, j'ai testé le Bristol F.2b en le faisant pencher et virer sur l'aile plus souvent que Billy ne l'aurait souhaité.

— C'est un bon appareil, ai-je crié.

— Oui, en effet, a-t-il rugi. Et pour te faire payer tes manœuvres à donner mal au cœur, je vais manger tous les biscuits de Mme Baxter. Hourra!

Notre nouvel ordre de mission était de conduire un autre avion, un Bristol dont on avait besoin à Dieppe cette fois-ci, puis de trouver un transport pour nous ramener auprès de notre escadrille. Le vol s'est déroulé sans aucun incident.

En livrant le Bristol, on nous a annoncé notre réaffectation auprès d'un escadron installé près de Dunkerque.

— Je me demande avec quels avions ils volent à Dunkerque, a commenté Billy.

— Avec des Sopwith Pup, probablement, ai-je répondu.

— Je parlais des Allemands, a-t-il rétorqué.

En mai, la nouvelle de la mort de l'as de l'aviation britannique Albert Ball nous est parvenue à Dunkerque et nous a laissés déprimés pendant des jours. Selon la rumeur qui circulait à l'aérodrome, il était entré dans un nuage, puis s'était écrasé au sol. La raison exacte de cet accident demeurait inconnue. C'était un excellent pilote qui faisait la fierté du Royal Flying Corps avec ses 44 victoires. Cette nouvelle a bouleversé les pilotes britanniques.

À la fin du mois, on a entendu parler de bombardements de jour contre l'Angleterre. Cette menace imposait une meilleure surveillance des côtes.

Les bombardements de jour étaient risqués, car les

tireurs responsables des canons antiaériens pouvaient facilement repérer les avions. Mais les Boches avaient mis au point un bombardier très agile, le Gotha, et ils faisaient entièrement confiance à ce nouvel appareil. Le 25 mai, les Gotha ont attaqué la côte anglaise et la ville de Folkstone, tuant plus de 90 civils.

Chapitre 13
De juin à septembre 1917

Au début de juin, nous avons reçu une nouvelle très encourageante : on allait nous fournir de nouveaux avions, des Sopwith Camel, une version améliorée des Sopwith Pup. Les sous-marins allemands se faisaient de plus en plus fréquents dans la Manche, et nous avions besoin d'avions qui pouvaient affronter tant leurs forces aériennes que sous-marines. Selon la rumeur, le Camel était un meilleur avion de combat que l'Albatros. On racontait aussi qu'il nous réservait des surprises, ce qui, comme nous allions le constater par la suite, présentait à la fois un avantage et un inconvénient.

Le jour où ils sont arrivés, il faisait beau et chaud. Ces cinq biplans étaient extraordinaires à voir. Devant le pilote se trouvait une drôle de bosse, semblable à celle d'un dromadaire, qui, comme on l'a découvert par après, cachait deux mitrailleuses Vickers sous une tôle donnant à l'avion une forme profilée offrant moins de résistance à l'air.

— Ils sont quand même un peu bizarres, a commenté Billy quand nous les avons examinés de près.

— Pas du tout! ai-je protesté. Regarde bien, ils ont regroupé le moteur, les mitrailleuses, le pilote et le réservoir dans un espace compact occupant environ six ou sept pieds sur toute la longueur de l'avion. En volant, le pilote va avoir l'impression de conduire un cheval plutôt que de piloter un avion.

Billy a secoué la tête, l'air d'en douter.

Je me suis placé à côté de l'hélice, puis j'ai marché à grands pas en direction de la queue en passant sous l'aile et en m'arrêtant ensuite juste à côté du poste de pilotage.

— Voilà, ai-je dit. Pas plus de sept pieds. Ça va assurer une excellente maniabilité si le moteur est suffisamment nerveux.

— En effet, a-t-il dit. C'est vraiment très compact.

À la fin de la journée, les pilotes ont été convoqués à une séance d'information. Deux officiers britanniques ont présenté les caractéristiques et le fonctionnement de l'avion, et la tête qu'ils faisaient ne présageait rien de bon.

— Le centre de gravité du Camel est très en avant, a dit l'un des deux officiers. Le moteur, le pilote, l'armement, tout est vers l'avant. Le réservoir, s'il est rempli de carburant, va déplacer le centre de gravité et est donc potentiellement dangereux. Tenez-en toujours compte, surtout quand vous décollez tout de suite après que l'équipe au sol a fait le plein. Ne vous laissez pas leurrer par la puissance du Camel. Il vous faudra le mater en jouant continuellement avec les ailerons et le gouvernail.

Puis il nous a regardés un à un avec insistance.

— Nous avons déjà perdu des pilotes pendant l'entraînement. C'est déjà trop, nous a-t-il prévenus.

Il a mis ses bras derrière son dos.

— Ceci nous amène au point suivant, a-t-il poursuivi. Le moteur rotatif du Camel a un effet gyroscopique passablement fort, qui vous fera dériver à tribord. Vous devrez donc vous tenir prêt à le contrer, sinon vous allez vous retourner avant même d'avoir réussi à décoller.

Billy a bougé nerveusement et a lancé :

— C'est si terrible que ça, Sir?

— Non, pas du tout, a répondu l'officier en secouant la tête. Cette force qui vous donnera du fil à retordre au décollage vous garantira une grande maniabilité en vol, supérieure à celle de tous les appareils allemands. Les pilotes d'essai ont tous été ravis par les qualités du Camel. Du moins, ceux qui ont survécu, a-t-il ajouté.

Malgré ces mises en garde, j'étais impatient de grimper dans le poste de pilotage. Le Camel me semblait extraordinaire. J'en comprenais les défauts et je savais que j'allais en tenir compte quand je le piloterai. Plutôt que de l'anxiété, je ressentais une grande fébrilité, comme quand je volais avec mes entraîneurs à l'école de pilotage Curtiss.

— Je veux piloter cet avion, ai-je dit à Billy quand nous sommes retournés à nos baraques.

— Ton tour viendra, a-t-il répondu, moins enthousiaste que moi. Nous aurons chacun notre tour.

J'ai dû attendre jusqu'à la mi-juin avant de piloter un Camel. Le poste de pilotage avait un siège d'osier et les commandes pour les ailerons se trouvaient en haut, près du moteur. J'étais épaté par la Vickers double et j'ai observé les mécaniciens tandis qu'ils la chargeaient. Un homme était assis dans le poste et l'autre, sur la piste, déroulait la bande de cartouches.

— Vaudrait mieux faire attention avec celui-là, Sir, a dit le mécanicien qui était dans le poste. Hier, il a failli se retourner.

— Avec le réservoir plein? ai-je demandé.

Il s'est arrêté pour réfléchir.

— Je crois bien, Sir, a-t-il répondu. On l'avait rempli vers sept heures et le pilote a décollé vers neuf heures. Il doit rester pas mal de carburant, si c'est ce que vous voulez savoir. Vous voulez que je vérifie?

Quand l'équipe au sol m'a préparé pour le décollage, il restait un peu plus que la moitié du carburant dans le réservoir. Le moteur a vrombi et, assis sur mon siège et les pieds posés sur la pédale du gouvernail, j'ai ri de sentir toute cette puissance qui animait l'appareil. J'ai fait signe en mettant mes deux pouces en l'air et deux mécaniciens ont soutenu mes ailes. J'ai augmenté les gaz et l'avion a commencé à avancer. Les mécaniciens couraient de chaque côté en stabilisant les ailes. Ils ont ainsi couru sur une distance d'environ 50 pieds, puis ils les ont lâchées. Le couple du moteur, qui tirait très fort à tribord, était incroyable. J'ai appuyé à fond sur la pédale de gouvernail pour compenser et j'ai ouvert les gaz au maximum.

Il y avait un jet d'huile de ricin, encore plus dru que dans le Sopwith Pup. Du moins, il y en avait plus sur mes lunettes que j'ai essuyées avec mon écharpe.

Tandis que ma vitesse augmentait et que je me faisais secouer sur la piste, je devais continuer d'appuyer fort sur la pédale. Le couple du moteur était puissant et, sans la compensation avec la pédale de gouvernail, l'avion aurait penché à tribord et se serait écrasé contre les camions stationnés en bordure de la piste.

Quand les roues ont quitté le sol, les ailes ont été frappées par une rafale, et j'ai relâché la pédale pour compenser. Le couple du moteur a permis à l'appareil de se redresser, mais il l'aurait fait s'aplatir sur la piste comme une crêpe si je n'avais pas aussitôt appuyé sur la pédale. J'ai souri. La bête était fougueuse!

À 500 pieds d'altitude, j'ai commencé à le tester. J'ai effectué un virage lent à bâbord, puis j'ai pris de l'altitude. Il n'y avait rien de remarquable dans ce virage à bâbord. Puis j'ai viré à tribord et j'ai senti la différence. L'avion voulait à tout prix tourner! Les commandes répondaient vivement et, grâce au moteur monté très près du poste de pilotage, je me sentais en pleine maîtrise de l'avion.

— C'est comme monter à cheval! ai-je crié.

À 800 pieds d'altitude, je lui ai fait faire deux tonneaux de suite. Ensuite, j'ai effectué une boucle et j'ai même tiré avec la Vickers double pour me familiariser avec l'armement. Cet avion était une pure merveille.

Le soir, dans ma couchette, j'ai fait un croquis très détaillé du Camel. J'adorais sa construction compacte, car elle me donnait une sensation de maîtrise extraordinaire. Bientôt, il faudrait l'essayer en combat. J'ai terminé mon dessin en ajoutant une écharpe qui volait au vent, loin derrière la queue de l'avion, sur laquelle j'ai inscrit : *À Nellie pour toujours!*

En août, pour l'anniversaire de mes 20 ans, mes collègues m'ont organisé une fête digne d'un aviateur. Ils m'ont habillé de la tête aux pieds avec mon équipement d'hiver, les gants et les lunettes y compris, puis ils ont déposé sur mes genoux un gâteau que quelqu'un était allé chercher en ville. J'ai découvert par la suite que l'idée était de Billy, et je les ai bien fait rire avec toutes mes tentatives pour mordre dans ce gâteau.

Mes parents m'ont envoyé une petite boîte de

bonbons et du café, qui avaient complètement disparu à la fin de la journée. Nellie m'a envoyé une lettre qui m'a fait chaud au cœur. Il y avait aussi un demi-kilo de chocolat. Je me demande bien comment elle a réussi cet exploit, mais j'imagine que son père a été mis à contribution.

— Où les deux tourtereaux comptent-ils s'installer? m'a un jour demandé Billy. En Angleterre? Vas-tu travailler pour son père? Ou vas-tu plutôt l'emmener au Canada? Tu sais, il n'y a pas la guerre là-bas.

— Je ne sais pas, ai-je répondu en toute sincérité. Je n'y ai pas encore pensé.

— Tu devrais t'y mettre, a-t-il dit.

Cette discussion m'a fait réfléchir et j'en ai parlé à Nellie dans ma lettre suivante. Nous étions si pris par l'idée du mariage que tous les autres détails semblaient insignifiants. La guerre traînait en longueur et je me demandais si le jour viendrait où nous pourrions nous marier en temps de paix. Je savais ce que ma sœur Sarah dirait. Elle voulait nous avoir sains et saufs à la ferme près de Winnipeg, peut-être installés dans une petite maison dans les pâturages du haut. Mais que souhaitait Nellie?

Un soir de septembre, on nous a donné l'ordre d'être prêts juste un peu après 21 h. Un télégramme provenant de la côte nous avait avertis qu'on avait repéré des avions se dirigeant sur Londres. Un second télégramme est arrivé quelques minutes plus tard : *Bombardiers Gotha.*

Billy n'a pas été convoqué.

— Ne va pas te faire descendre! m'a-t-il dit en tournant les bouts de sa moustache.

Six Camel roulaient déjà sur la piste, prêts pour nous, quand nous sommes arrivés au pas de course. Les cinq autres pilotes étaient des Britanniques, des gars que je connaissais seulement pour avoir joué au soccer avec eux. L'officier supérieur, Newkirk, avait un an ou deux de plus que moi. Au cours d'une des parties, nous avions eu une petite discussion tandis que nous étions tous les deux sur la touche. Apparemment, il n'était pas impressionné par le couple du Camel. Il m'avait même avoué que la chose l'embêtait passablement, car elle risquait d'être difficile à gérer pour les nouveaux pilotes.

Dans la noirceur, alors que nous parcourions les dernières verges avant d'arriver aux avions, j'ai senti une montée d'adrénaline me parcourir le corps. Un vol de nuit en Camel! Et contre l'ennemi en plus! Ce n'était pas une séance d'entraînement. Étonnamment, ma main ne tremblait pas.

L'huile de ricin a giclé quand je me suis installé dans mon siège et que j'ai bouclé ma ceinture. J'ai vérifié que mon écharpe était bien enroulée autour de mon cou, prête à servir. Nous allions partir à la chasse, dans le noir, pour débusquer des Gotha. Nous devions avoir les oreilles et les yeux bien ouverts!

Je me suis placé derrière Newkirk et l'ai laissé avancer avant d'ouvrir les gaz. Par mesure de sécurité, les avions allaient décoller à quelques minutes d'intervalle. Il y avait pas mal de poussière, mais je voyais quand même ses ailes grâce au clair de lune.

À seulement dix pieds au-dessus de la piste, l'aile de Newkirk a piqué à bâbord, exactement comme la mienne avait fait quand j'avais piloté un Camel pour la première fois. Il a compensé et son aile a brusquement basculé à tribord. Il n'a pas pu la stabiliser à temps et elle a accroché la piste en soulevant un énorme nuage de poussière. L'avion s'est mis à tourner comme une grande roue, tour après tour, pour finir par s'écraser par terre en formant un amas de bois et de toile.

— Pauvre Newkirk! me suis exclamé, horrifié.

Il n'y avait aucun espoir de le retrouver en vie, après un écrasement pareil. Des flammes se sont élevées, éclairant la piste. L'instant d'après, il y a eu une explosion. Des flammes ont été projetées très haut, dans le noir. J'ai frappé un bon coup sur mon tableau de bord.

Pendant un instant, je me suis demandé ce que je devais faire. Nous avions perdu non seulement un pilote, mais aussi notre chef de mission. Derrière moi, les autres avions faisaient la queue. En l'absence de Newkirk, c'était à moi de prendre le commandement. Tout en contemplant l'incendie sur la piste, j'ai pensé aux Gotha qui s'en venaient au-dessus de la Manche et aux morts qu'ils feraient avec leurs bombes. J'ai donné un autre grand coup sur le tableau de bord. Puis j'ai augmenté les gaz et j'ai décollé pour me diriger vers la Manche. La mission devait avoir lieu.

Il y avait des nuages, mais on voyait relativement bien. L'accumulation de nuages était plus menaçante le long de la côte, du côté du nord de la France et de l'Allemagne. Les Boches ne manquaient pas d'audace en volant ainsi, par une nuit pareille. Ils nous montraient clairement qu'ils n'avaient pas peur de notre riposte et qu'ils étaient sûrs de leur supériorité dans les airs. Avant notre départ, nous avions appris que d'autres escadrilles des environs avaient décollé. Nous n'étions donc pas seuls. J'ai fait une grimace. Trop d'avions en même temps pouvaient être nuisibles. Même avec la lune sortant de derrière les nuages, il était souvent impossible de repérer un avion ennemi avant qu'il soit déjà trop près.

Nous n'étions pas encore rendus au milieu de la Manche quand j'ai aperçu des petits points dans le ciel, qui faisaient cap vers le nord-est en direction de l'Europe. J'ai décidé de les intercepter en me disant que les autres feraient de même. Je savais que l'écrasement de Newkirk était gravé dans leur mémoire et qu'ils brûlaient de se venger. Le meilleur remède contre une telle perte était une victoire.

Les points devant moi se sont rapprochés. Les Allemands nous avaient probablement repérés, car ils ont changé de cap, juste assez pour nous éviter si nous les perdions de vue dans un nuage de passage.

Tandis qu'ils continuaient leur route, j'ai aperçu les moteurs géants de chaque côté de leur fuselage. C'étaient bien des Gotha, et il y en avait sept. Ils ne semblaient pas être accompagnés d'avions de chasse, ce qui n'était pas surprenant. Ils avaient dû parcourir une grande distance, ce que leur permettait la taille de leurs réservoirs de carburant, alors que ce n'était pas le cas de celui des avions de chasse. Les Gotha étaient assez maniables malgré leur masse et étaient équipés à l'arrière d'une mitrailleuse très efficace. Quand ils volaient en grand nombre, comme ils le faisaient à ce moment-là, leurs tirs de mitrailleuses étaient d'autant plus mortels. Les sept avions pouvaient facilement nous canarder avant même que nous puissions tenter de les disperser.

Puis j'ai réalisé que quelques-uns d'entre eux changeaient de cap, non pas pour s'échapper, mais plutôt pour donner à leurs tireurs une meilleure vue de nos avions. J'ai grimpé en altitude. En vitesse, nous surpassions les Gotha. Nos Camel pouvaient atteindre

115 milles par heure, alors que la vitesse maximale d'un Gotha était de 85 milles par heure. Devant nous, il y avait de plus gros bancs de nuages, qui allaient jouer en faveur des bombardiers, et nous devions attaquer avant d'être engagés dans une partie de cache-cache.

Quand nous sommes ressortis de la première masse de nuages, les tireurs des Gotha ont ouvert le feu. Des lignes de fumée blanche ont rayé le ciel de la nuit, dans notre direction. En approchant des bombardiers, je faisais voler mon avion en zigzags pour éviter d'être une cible facile. À une distance de 200 pieds, j'ai solidement canardé à trois reprises l'avion au centre de leur formation.

J'ai alors découvert un problème. La lumière que dégageaient les balles incendiaires venant de ma mitrailleuse était totalement aveuglante. Même en tournant la tête, je continuais de voir trente-six chandelles tournant dans la noirceur. De plus, cette lumière faisait de moi une excellente cible. Tout ce que je pouvais faire, c'était de continuer à manœuvrer pour ne pas être une cible facile et plisser les yeux quand je tirais.

Je suis un peu descendu et j'ai tiré une salve, puis je suis remonté aussi vite et en ai tiré une seconde. Le tireur ennemi devait se dire que j'étais pire qu'un moustique capable de le piquer à répétition sans qu'il réussisse à l'attraper! Mon attaque avait sûrement causé des dommages, car l'avion du centre s'est séparé des autres et s'est mis à descendre vers un banc de nuages se trouvant à une altitude de 8 000 pieds. Le pilote du Gotha essayait de me semer dans les nuages. Exactement ce que je craignais! Je l'ai suivi en lui tirant dessus continuellement et en ne m'arrêtant que pour empêcher ma mitrailleuse de s'enrayer.

C'était la plus longue salve que j'avais tirée et j'étais si aveuglé par les lueurs de la mitrailleuse que je ne voyais plus du tout le Gotha. J'ai grimpé en altitude et scruté l'obscurité en attendant que ma vision nocturne se rétablisse. Il a fallu au moins 30 secondes avant que je recommence à voir un peu. Mais je n'arrivais pas à repérer le bombardier. J'ai tendu l'oreille pour entendre les sons au-delà de ceux de mon propre avion. Le Gotha avait peut-être réduit son altitude dans l'espoir de m'échapper. Contre la surface noire de la mer, il allait être invisible, à moins que la lune ne se découvre de nouveau. J'ai interrompu ma poursuite et suis parti rejoindre les autres.

Le reste de l'escadrille de Gotha était resté en formation malgré le mitraillage des autres Camel. Je distinguais les traces des balles tirées par deux de nos avions, qui avaient manqué de justesse l'aile supérieure du Gotha à bâbord de leur formation. Les autres bombardiers ont tous fait pivoter leurs mitrailleuses pour concentrer leurs tirs.

— Va te mettre dessous! ai-je crié. Dessous!

Dans une portion dégagée du ciel, où je pouvais distinguer clairement le bombardier isolé, un des Camel a basculé légèrement, puis a viré à bâbord en se dégageant de la ligne de tir.

— Petit futé! ai-je crié.

L'autre Camel est passé sous le Gotha, comme s'il m'avait miraculeusement entendu crier. Tous les deux l'avaient échappé belle. Et où diable se trouvaient les autres Camel? Pas un seul n'était en vue!

La bataille s'est déplacée vers le cumulus géant dans lequel le premier Gotha avait disparu un instant plus tôt, et les autres avaient décidé d'en faire autant. Je les avais presque rejoints, à pleine vitesse.

Les deux Camel manquants sont apparus un instant plus tard. Ils avaient manœuvré brillamment en devançant les bombardiers, puis en faisant une boucle pour revenir en les mitraillant sans relâche. Le ciel était illuminé par les balles incendiaires. Entre-temps, je les ai rattrapés et ai canardé les tireurs postés à l'arrière des Gotha tandis que mes collègues les prenaient de front.

Des balles ont sifflé autour de moi. Des traces lumineuses de balles incendiaires sont parties de deux Gotha. Manifestement, j'étais devenu le centre de leur attention. J'allais être touché dans la seconde!

J'ai fait virer mon Camel à tribord. Il s'est retourné

aussi agilement qu'un phoque dans la mer. Quand je suis revenu d'aplomb, j'ai découvert que j'étais plus près des bombardiers que je ne l'aurais souhaité. J'ai ouvert le feu et leur ai servi deux bonnes salves avant de passer sous eux.

Les Gotha ont presque atteint le nuage quand j'ai soudain pensé au carburant. Avec toutes nos manœuvres et nos esquives, nous en avions consommé une bonne quantité. Nos réservoirs pleins nous permettaient de voler seulement deux heures et demie, alors que les Gotha étaient bons pour cinq heures.

J'ai rebroussé chemin et suis allé rejoindre deux autres Camel. Nous avons plongé sur le dernier Gotha en entrant dans le nuage comme des aigles fondant sur leur proie. Le tireur posté à l'arrière nous a mitraillés tous les trois comme un fou. Nous volions à bonne distance les uns des autres, nous laissant assez d'espace pour manœuvrer et éviter les balles. L'un de nous, le pilote de l'avion à tribord m'a-t-il semblé, a tiré une bonne salve qui a touché le Gotha depuis sa queue jusqu'au poste de pilotage. Le tireur allemand n'a pas riposté.

— Touché! ai-je crié triomphalement en tirant une autre salve.

Un des gros moteurs du Gotha s'est mis à fumer et juste au moment où il a pénétré dans le nuage, j'ai vu qu'il perdait de la puissance du côté droit. Il est tombé lentement, en suivant la bordure du nuage blanc et en apparaissant et disparaissant périodiquement de notre vue.

Soudain, il est réapparu, avec le nez vers le bas et un de ses moteurs complètement enflammé. Quand il a disparu dans la couche de nuages plus bas, j'ai tourné pour rentrer à la base. Le bombardier s'était-il écrasé? Je ne le savais pas, mais il descendait inévitablement.

La bataille avait été brève, mais intense, et nous sommes rentrés avec cinq chasseurs intacts au lieu de six au départ. Les Camel avaient bien combattu et, sans l'accident de Newkirk, nous aurions eu un score parfait. C'était la première fois que j'étais capitaine d'une attaque aérienne et j'étais vraiment reconnaissant que les quatre avions soient rentrés intacts derrière moi.

— Sacrée belle nuit! a dit un des pilotes en me tapant dans le dos.

— Je ne voyais absolument rien quand je tirais de la mitrailleuse, a dit un autre. J'avais des étoiles plein les yeux.

— Il faut régler ce problème, ai-je rétorqué. Autrement, une de ces nuits, nous allons tous y goûter. C'était une excellente tactique de revenir pour attaquer de front!

Nous nous sommes serré la main et nous sommes donné des tapes dans le dos.

Quand nous avons traversé la piste, notre enthousiasme est retombé. Les débris de l'avion en pièces de Newkirk formaient un tas, à côté d'un hangar.

Chapitre 14
De septembre à novembre 1917

Nous avons participé à des combats jusqu'à la fin du mois de septembre. Rogers a été réaffecté à notre escadrille, et nous en étions ravis. Nous avions beaucoup de choses à nous raconter. Nous avons passé quelques soirées à veiller tard et à discuter. Je n'avais jamais tant bu de café de toute ma vie.

— Tu vas te faire passer la corde au cou, mon ami! m'a taquiné Rogers. Il était temps. Tu nous as assez cassé les oreilles avec ta Nellie!

J'ai aussi eu des nouvelles de Robert. Il avait écrit depuis un hôpital où il se remettait d'une autre crise de pied des tranchées. Il était devenu sergent. Il ne donnait pas beaucoup de détails et j'ai compris qu'il ne voulait pas s'étendre trop longtemps sur les horreurs qu'il avait vues. Il parlait plutôt de notre ferme et, comme Billy, il demandait où Nellie et moi comptions nous installer. J'ai répondu, et j'en ai été surpris moi-même : *Si Nellie en a envie, je serai ravi d'avoir une ferme dans les environs de Winnipeg, pas trop loin de vous tous.*

J'espérais seulement que nous serions tous réunis de nouveau et en sécurité. J'avais désespérément hâte que mes parents et Sarah rencontrent Nellie en personne et, bien sûr, je voulais présenter Billy à tous.

Finalement, Billy adorait le Sopwith Camel. Ses réticences du début s'étaient envolées après son premier décollage. Le Camel et lui étaient faits l'un pour l'autre. Mais je trouvais qu'il était un peu trop en confiance quand il exécutait certaines manœuvres. Il pouvait faire des vrilles avec son avion si aisément pour se tirer de mauvaises situations qu'il s'était mis à compter un peu trop souvent sur cette tactique. Dès le début, il a remporté quatre victoires, dont trois Albatros D.V et un Albatros à deux postes, ce qui lui a donné un total de sept victoires.

Par temps clair, un beau matin d'octobre plutôt frais, nous sommes partis à quatre en patrouille. Pas plus de trois minutes après le décollage, Rogers a attiré mon attention. Instinctivement, j'ai jeté un œil au-dessus de moi. Le ciel était dégagé. Rogers a secoué la tête. Il a sorti son bras de son poste et pointé vers le bas. Nous volions à seulement 2 000 pieds au-dessus de la Manche et un bon vent ridait la surface de la mer. Les moutons blancs rendaient la vision difficile. J'ai regardé plus attentivement et j'ai aperçu ce que Rogers voulait me montrer. À un demi-mille de la côte, un objet long et noir remontait à la surface.

— Un sous-marin allemand, ai-je murmuré. Rogers, tu nous as trouvé un sous-marin!

J'ai agité la main pour lui montrer que je l'avais vu.

Il m'a fait signe en levant les pouces en l'air, puis il a brusquement viré sur son aile.

Nous l'avons tous suivi. Pendant la descente, je me suis demandé ce que nous allions faire. Ce matin-là, l'équipe au sol n'avait pas chargé de bombes dans mon avion parce qu'il y avait un problème avec le mécanisme de largage. Un des autres avions en avait peut-être, mais moi j'allais devoir me contenter de la mitrailleuse. Il y avait quelques navires dans les environs et nous devions les alerter au plus vite. Le kiosque du sous-marin était déjà presque complètement émergé et les Allemands allaient bientôt s'apercevoir de notre présence.

Rogers a plongé à pic et nous avons survolé le kiosque à toute vitesse. Nous sommes restés à le survoler en décrivant de grands cercles pour attirer l'attention de nos navires qui croisaient dans les parages. Les marins se sont mis à courir sur les ponts. Les sirènes et les cloches ont retenti. Il n'y avait aucun besoin d'expliquer de vive voix ce qui se passait à ces marins. Ils l'ont su dès qu'ils nous ont vus décrire des cercles. Un petit contre-torpilleur déjà sur place, à moins d'un mille de Dunkerque, fonçait vers nous. Je voyais la fumée de sa cheminée qu'il laissait traîner derrière lui. Le sous-marin a commencé à plonger, probablement parce qu'il nous avait aperçus. Nous avons attaqué au passage suivant, chacun de nous mitraillant le kiosque qui s'enfonçait peu à peu dans l'eau. Il ne s'est pas passé grand-chose. Nos balles sont tombées dans l'eau, sans faire de dommages. Je me sentais totalement impuissant sans mes bombes et j'ai décidé de ne plus jamais voler sans en avoir en réserve. Sous la surface de l'eau, on distinguait encore la forme oblongue de l'énorme sous-marin, mais il descendait très vite vers le fond.

Quand le contre-torpilleur est arrivé, le sous-marin avait complètement disparu.

Il y avait beaucoup d'agitation à son bord. Des marins transportaient et entassaient des barils à la poupe. Le navire a ralenti et, l'un après l'autre, les barils ont été jetés à la mer, à l'endroit précis où le sous-marin avait été aperçu pour la dernière fois. Je savais que ces barils étaient des grenades sous-marines chargées de dynamite et qu'elles pouvaient exploser jusqu'à 300 pieds de profondeur. Je me suis demandé jusqu'où le sous-marin avait réussi à descendre avant l'arrivée du contre-torpilleur.

Nous avons continué à voler en cercle pour couvrir un rayon plus large, mais le sous-marin restait introuvable.

Puis il y a eu une série d'explosions quand les grenades ont sauté en profondeur. D'énormes gerbes d'eau ont jailli. C'était spectaculaire, vu du ciel. Les marins à bord du contre-torpilleur contemplaient la scène et se penchaient sur le bastingage pour voir si le sous-marin avait été touché. Nous aussi nous attendions de voir les résultats. Puis des hommes ont tendu le doigt et ont semblé enthousiastes à propos de quelque chose. Mais le calme est revenu et les marins sont retournés à leurs postes.

Avant de retourner à la base, Rogers nous a emmenés faire un tour le long de la côte de Dunkerque. Au retour, nous avons découvert que le contre-torpilleur n'avait réussi qu'à faire sauter un banc de poissons! Le sous-marin s'était échappé, probablement sans dommages, mais il était impossible de le savoir avec certitude. Néanmoins, cet incident m'a fait comprendre à quel point notre rôle était important. Nous étions « les yeux » de notre ligne de défense, dans les airs et sur la mer.

La nuit du 2 novembre, on nous a dit de nous tenir prêts, car des avions ennemis, peut-être des bombardiers Gotha, avaient été repérés le long de la côte belge, se dirigeant vers l'Angleterre. Huit d'entre nous se sont préparés pour cette mission. Ce soir-là, de gros nuages cachaient la lune, ce qui donnait aux Allemands un avantage face à nos tirs antiaériens. Ils avaient bien choisi leur moment pour attaquer!

Rogers a décollé le premier. Il était maintenant le

capitaine de notre équipe et le plus respecté de nos pilotes.

— Pas trop rapprochés! a-t-il crié, assez fort pour couvrir le vrombissement du premier moteur qui venait de démarrer. On est nombreux et la visibilité ne sera pas très bonne. Attendez cinq ou six minutes avant de décoller derrière moi.

Il m'a donné un petit coup de poing sur le bras.

— Bonne chance, Tricotin! m'a lancé Billy.

Je l'ai salué de la main.

Ce soir-là, le décollage a été le moment le plus facile de la mission. Il n'y avait pas de temps à perdre, en effet l'ennemi avait l'avantage de la position en altitude et il nous faudrait un peu de temps pour grimper jusque là-haut. Comme prévu, j'ai gardé les gaz ouverts pour grimper plus vite en espérant intercepter les bombardiers, même si je ne savais rien de plus que ce qu'on nous en avait dit à la base. C'était comme chercher des aiguilles dans une botte de foin, mais nous n'avions pas le choix et nous devions composer avec ce qui se présenterait de notre mieux.

Au milieu de la Manche, les nuages se sont légèrement dissipés. J'ai aperçu Rogers devant moi et je ne l'ai plus perdu de vue. Quand je me suis retourné, j'ai vu au moins deux autres avions derrière moi qui suivaient. Rogers a grimpé à 10 000 pieds, puis a viré à tribord pour se diriger vers la côte belge. Il volait en zigzags, dans l'espoir de repérer l'ennemi, comme si nous recherchions un avion égaré ou une personne qui se serait perdue en forêt. En faisant un tournant vers l'Angleterre, j'ai débusqué notre gibier. Ils étaient au-dessus de moi et formaient des petits points noirs sur le fond du ciel. J'en ai compté au moins neuf, mais ils pouvaient être plus nombreux.

Je suis monté en altitude, décidé à les intercepter. Si c'étaient des Gotha, il fallait que j'évite de me faire attaquer par l'arrière. J'avais appris ma leçon lors de notre dernier combat. Tandis que nous grimpions, des nuages sont passés par intermittence et, plusieurs fois, j'ai perdu l'ennemi de vue. Quand je suis entré dans des nuages plus épais, j'ai tourné et viré, à la recherche tant d'un collègue que d'un avion ennemi. J'espérais que les autres feraient de même. Puis Billy est apparu à bâbord, alors que nous venions de déboucher dans une éclaircie.

Rogers était soit très futé, soit très chanceux; nous sommes arrivés juste au bon endroit et au bon moment. Lui et moi sommes ressortis du nuage et les Boches étaient juste devant nous!

Ils nous ont repérés, puis ont grimpé en altitude, jusqu'en haut de la dernière couche de nuages. Nous sommes montés jusque-là et avons foncé sur eux. Je me suis dégourdi les mains et me suis préparé pour le combat. Les Gotha avaient une silhouette qui ressemblait à celle d'une libellule. En approchant de l'ennemi, j'ai ouvert le feu et j'ai regardé la trace lumineuse de mes balles fendre l'obscurité dans leur direction. Leur riposte, tirée de l'avant du Gotha, a été aussi intense. J'ai donc incliné mon avion d'un côté, puis de l'autre, pour éviter d'être touché par leurs balles.

Ensuite, j'ai continué tout droit et suis allé me placer au-dessus du bombardier. Puis j'ai regardé derrière moi. Billy, à ma gauche et en contrebas, exécutait une vrille à droite, comme il aimait tant le faire. Quand il est passé sous mon avion, j'ai vu qu'un autre Gotha était aussi descendu un peu plus bas, mais à bâbord contrairement aux autres avions allemands. La décision s'est prise en un éclair, instinctivement, par les deux pilotes en même temps : ils ont convergé vers le même point dans le ciel. Sous mon avion, j'ai entendu un claquement, un bruit comme je n'en avais jamais entendu, puis il y a eu une boule de feu. J'ai tendu le cou à tribord de mon poste, craignant le pire.

La lueur de l'explosion me laissait voir deux avions, à peine visibles et qui ont rapidement disparu. Le premier a plongé en vrille vers la mer, tandis que l'autre a réussi à voler avec difficulté en direction de la côte. Dans l'obscurité, je ne pouvais les identifier ni l'un ni l'autre.

Je n'ai pas vu l'avion qui tombait en vrille tenter de

se redresser une seule fois, l'avion a dû s'écraser à fond. L'autre pilote avait au moins pu reprendre son cap, ce qui m'a redonné espoir parce que, s'il se dirigeait vers la France, il était plus probable qu'il s'agissait de Billy plutôt que d'un Boche. J'allais virer pour rejoindre cet avion en fuite dans l'espoir d'y trouver Billy, mais je suis tombé sur un des bombardiers.

Les balles sifflaient de tous les côtés et j'ai poussé mon Camel jusqu'au bout de ses capacités en changeant de trajectoire, en virant sur l'aile et en tirant à la mitrailleuse. Dans la lumière dégagée par nos balles traçantes et par un moteur en feu d'un des bombardiers, un pilote allemand m'a regardé droit dans les yeux au moment où je survolais son appareil. Je suis revenu sur lui en me glissant entre deux de nos avions. Nous tirions tous les trois à la mitrailleuse, miraculeusement sans nous tirer dessus. Nous étions si près que nos tireurs ont dû cesser de tirer quand je suis passé.

Puis un objet chauffé à blanc m'a touché le côté de la tête. La douleur était si intense que je me suis dit qu'une balle m'avait transpercé le crâne. Le coup m'a projeté à tribord de mon poste et je suis resté sonné, sans bouger, pendant quelques secondes, les yeux fixés sur mon tableau de bord. Mais la bataille faisait toujours rage, alors je me suis redressé sur mon siège et, instinctivement, j'ai tiré salve après salve jusqu'à ce qu'il n'y ait plus aucun Gotha autour de moi.

J'ai réduit les gaz et vérifié si on me poursuivait : derrière moi, tout était plongé dans le noir. J'ai inspiré profondément à quelques reprises et posé mon front sur une de mes mains. Une douleur violente, suivie d'un fort élancement, m'a torturé le côté de la tête. J'ai touché ma blessure, puis j'ai retiré ma main et l'ai placée près du faible éclairage de mon tableau de bord. Mes doigts étaient couverts de sang.

J'ai retiré mon casque. J'ai dénoué mon écharpe et l'ai serrée autour de mon menton en espérant qu'elle allait absorber le sang. Puis j'ai remis mon casque et serré la mentonnière, ce qui m'a fait du bien à la tête. Mais quand j'ai regardé mes instruments de navigation pour vérifier où en était mon avion, ils étaient flous. Je suis devenu tout étourdi, et j'avais envie de vomir.

Malgré ma tête lourde, j'ai fait tourner mon avion. C'est à ce moment que je me suis évanoui. Pendant une seconde, j'étais de nouveau dans la bataille. Puis je descendais à pic en direction de la Manche. J'étais tombé, la tête sur le tableau de bord. J'ai essayé de me redresser, mais le vent me secouait atrocement. Je me sentais épuisé et n'avais qu'une envie : poser ma tête sur le tableau de bord à nouveau.

Lève la tête! me suis-je ordonné à moi-même en luttant contre les étourdissements.

Je ne suis probablement pas resté très longtemps

sans connaissance puisque mon moteur tournait encore et je n'allais pas très vite. J'ai tendu le bras pour ramener le manche vers moi. J'ai ajusté les ailerons pour mieux lutter contre le vent et la gravité. Lentement, très lentement, j'ai repris la maîtrise de mon appareil. J'étais descendu jusqu'à 4 000 pieds d'altitude et soudain j'ai réalisé que j'avais vraiment failli m'écraser.

Je suis revenu à l'horizontale, puis j'ai effectué un grand virage et me suis remis à grimper en altitude. J'étais inquiet : avais-je perdu beaucoup de sang et mon cerveau était-il endommagé? Je me sentais de plus en plus désorienté. J'ai respiré profondément plusieurs fois pour calmer les battements de mon cœur. Puis j'ai décidé de retourner en France. Je ne pouvais pas risquer de m'évanouir une seconde fois, surtout en pleine bataille, et mettre mes collègues en danger. Mon devoir était de revenir à la base avec mon avion et moi-même en bon état, et non de nuire à notre mission.

Quand j'ai atteint la côte, je me suis souvenu de Billy. J'ai amorcé un virage, puis me suis rappelé l'avion qui se dirigeait vers la France. Si son avion était endommagé et qu'il avait décidé de retourner à la base, il ne me servait à rien de retourner au combat. Mais si l'avion qui s'était écrasé était celui de Billy... Non! Je ne voulais même pas y penser.

Tout en longeant la côte, je me sentais de plus en plus faible. En plus de la douleur à la tête et de mon état nauséeux, j'étais de plus en plus inquiet. Atterrir dans le noir était aussi dangereux que de combattre l'ennemi en pleine nuit. Comment allais-je faire pour atterrir avec mes facultés amoindries?

Je me suis redressé sur mon siège. *Fais un effort, Tricotin! Tu vas y arriver. Réveille-toi! Réveille-toi!* J'ai chanté une chanson et fait tous les efforts possibles pour oublier la douleur. J'ai resserré mon écharpe et ma mentonnière dans l'espoir de ralentir le saignement. En bas, le sol apparaissait comme une grosse masse sombre. Je me suis forcé à garder les yeux ouverts jusqu'à en avoir mal.

Puis j'ai été pris d'inquiétude : où était la base et l'avais-je déjà dépassée? Tout ce que je distinguais en bas, c'était la lueur phosphorescente de la mer contrastant avec la noirceur du continent. Au cours des derniers mois, nous avions très souvent patrouillé le long de la côte. Je cherchais donc des yeux des repères géographiques que je pourrais reconnaître.

Je suis descendu plus bas, presque en rase-mottes à la surface de l'eau, dans l'espoir de trouver un élément du paysage qui m'aiderait à localiser la base.

Ma tête était parcourue d'élancements et j'ai dû resserrer mon écharpe plusieurs fois.

Je suis remonté plus haut, j'ai tourné, puis me suis

remis à longer la côte. Toujours rien! Soudain un cap m'a semblé vaguement familier. La base ne devait pas être bien loin.

Étourdi comme je l'étais, je n'arrivais pas à me rappeler quand nous avions décollé ni combien de temps j'étais resté en vol. Il y avait encore du carburant dans le réservoir, ce qui m'a redonné courage.

Un peu plus tard, j'ai pris la décision de pénétrer dans les terres pour essayer de trouver un champ où atterrir si je n'arrivais pas à trouver la base dans les prochaines minutes. Ce n'était pas la meilleure solution, car l'atterrissage était risqué, surtout en terrain inconnu. Mais une minute plus tard, à environ un mille devant moi, j'ai aperçu de petites lumières indiquant un endroit sécuritaire pour atterrir.

J'ai reconnu les lampes que l'équipe au sol utilisait pour aider les pilotes à mieux s'orienter quand la visibilité était mauvaise. Elles étaient faites d'un chiffon imbibé de carburant et placé dans un petit contenant métallique. On ne les laissait jamais allumées trop longtemps, de peur d'attirer l'attention d'un sous-marin ou des bombardiers allemands. Je suis descendu, mais un peu trop vite et maladroitement.

Trop rapide! ai-je marmonné. J'ai diminué les gaz pour me reprendre. Je suis retourné au-dessus de la Manche, j'ai effectué un large virage et suis revenu. Mais j'approchais trop vite de la plage et j'ai dû tourner pour m'y reprendre encore une fois.

Concentre-toi! me suis-je dit. J'avais du mal à évaluer la distance, surtout avec ma tête tout embrouillée. Cette fois, j'ai survolé la plage correctement et me suis enligné sur la piste éclairée.

— Les ailerons! ai-je crié.

Ma propre voix me faisait grimacer de douleur. Entre les flammes vacillantes des lampes, je distinguais de la terre et un peu d'herbe. J'ai fait descendre le Camel le plus lentement possible en me débattant avec les commandes pour le maintenir stable. Les petites lampes ont soudain été droit devant moi et j'ai réalisé trop tard que j'arrivais trop vite.

J'ai grincé des dents. *C'est maintenant ou jamais!* me suis-je dit. L'avion a touché le sol, a fait un horrible crissement et a provoqué une secousse épouvantable. Le train d'atterrissage s'est détaché. Je n'ai pas tiré sur le manche à balai. J'ai rebondi, puis me suis mis à glisser sur la piste entre les lampes. Je me suis fait horriblement secouer et j'ai cru que j'allais m'évanouir une fois de plus. Quand le Camel s'est finalement immobilisé, j'ai arrêté le moteur. Je me suis pris la tête à deux mains, tant elle me faisait mal. J'avais atterri. Alléluia! Alléluia!

— Est-ce que ça va, Sir? m'a-t-on crié.

On m'a soulevé pour me sortir de mon poste, puis j'ai été aveuglé par une lumière vive.

— Ce n'est pas vrai! ai-je entendu murmurer.

Puis on a crié :

— Nom d'un chien! Un toubib! Un toubib!

On m'a déposé dans un camion et un homme qui m'accompagnait tenait une compresse contre ma tête.

— Ma tête, ai-je murmuré. J'ai mal!

— Vous allez vous en tirer, Sir! ai-je entendu. Mais, s'il vous plaît, ne retirez pas votre casque avant d'être arrivé à l'hôpital. À voir le trou qu'il y a dedans, une balle a dû vous égratigner la tête.

Un type de l'équipe au sol est monté pour me rendre mon manteau de pilote.

— Quelqu'un a-t-il atterri avant moi? lui ai-je demandé.

— Non, Sir, a-t-il répondu en secouant la tête. Vous être le premier à rentrer à la base.

Chapitre 15
De novembre 1917 à mars 1918

Pendant trois jours, nous avons attendu des nouvelles de Billy. La nuit, j'avais un sommeil agité et sursautais au moindre bruit. Contre tout espoir, et tout comme Ashcroft, j'espérais que Billy nous fasse la surprise d'arriver. Mais il n'est jamais venu. J'avais un mal de tête lancinant. Rogers me rendait régulièrement visite à l'hôpital de la base. Il m'a fait remémorer cette nuit minute par minute et, avec les autres qui y étaient ce soir-là, nous avons réussi à reconstituer presque entièrement la suite des événements.

À notre connaissance, Billy et l'Albatros étaient entrés en collision en plein vol, ce qui avait été fatal pour Billy. L'Albatros semblait s'en être tiré suffisamment bien pour continuer de voler, même s'il n'avait pas repris le combat. L'avion de Billy était tombé en vrille dans les eaux de la Manche. Personne d'autre n'avait été témoin de l'accident. Seul Rogers avait aperçu l'Albatros qui s'éloignait. J'étais le dernier à avoir vu Billy. J'ai décrit le bruit que j'avais entendu à mes supérieurs et à quelques-uns de nos mécaniciens et maîtres-voiliers. Ils ont tous dit que ce que j'avais décrit correspondait bien à une collision en plein vol entre deux avions faits de bois et de toile. Un des mécaniciens a supposé que le train d'atterrissage de l'Albatros avait accroché les ailes de Billy. L'Albatros avait pu continuer de voler sans son train d'atterrissage tandis que Billy était perdu si une partie de ses ailes était abîmée.

— Les collisions en plein vol ne sont pas fréquentes, a dit le mécanicien. Mais quand elles se produisent, elles sont souvent mortelles. Désolé, Sir.

Parler de mon meilleur ami ne faisait que rendre plus pénible son absence. Pendant des mois, il n'avait pas cessé de dire qu'il sentait que sa fin était proche. Je me suis même demandé s'il n'avait pas arrangé mes fiançailles avec Nellie de peur de ne plus être là pour m'aider, plus tard. J'avais toujours pris à la légère cette crainte qui le hantait. La mort était partout autour de nous et, malgré tout, j'avais toujours cru que Billy allait s'en sortir.

Je n'avais jamais pleuré, assis dans mon siège de pilote. Je n'avais jamais versé une seule larme, même dans les moments les plus pénibles ou quand je souffrais le martyr après avoir reçu cette balle à la tête. Mais pour Billy, j'ai pleuré sans ressentir aucune honte.

Finalement, j'ai rédigé une lettre à sa famille. Ces jours de malheur restent flous dans ma mémoire, et je ne me rappelle pas exactement ce que j'ai écrit. Mais je me souviens d'avoir donné des détails sur son accident. J'ai aussi écrit quelques mots à propos de notre amitié et j'ai dit que c'était un honneur pour moi de l'avoir connu. Rogers a rédigé une lettre à titre de capitaine de notre escadrille et aussi en tant qu'ami. Durant ces jours difficiles, il a continué de me rendre visite à l'hôpital de la base, parlant peu. Il voulait s'assurer que je mangeais bien, prétendait-il.

J'étais dans un sale état. La nausée et les vomissements ont continué pendant des jours. Je souffrais d'une grosse commotion cérébrale, même si ma blessure à la tête n'était pas très profonde. Rester cloué au sol me rendait fou. Chaque jour, j'aurais voulu décoller pour aller venger Billy. Finalement, le docteur a recommandé que je parte en permission en Angleterre puisque je n'étais pas en état de piloter tant que mes symptômes n'auraient pas complètement disparu.

Cette fois, je suis resté à la ferme, dans la famille de Nellie, et c'est seulement grâce à ses bons soins que j'ai finalement commencé à remonter la pente et à me remettre de cette blessure et de mon état dépressif. J'ai réparé des clôtures dans la campagne froide et venteuse, et j'ai pris plaisir à les faire en pierres plutôt qu'en bois, comme au Canada. J'ai nettoyé l'étable où j'ai retrouvé l'odeur familière des vaches, qui avait fait partie de ma vie jusqu'au jour où je m'étais enrôlé dans le RNAS. C'était un travail distrayant et exigeant, qui me soulageait du stress de la période précédente.

Nellie et moi faisions de longues promenades au cours desquelles nous discutions avec enthousiasme de notre avenir. Elle n'avait pas peur de parler de Billy. Au contraire, elle m'encourageait à lui raconter des anecdotes à son sujet. Plus j'en parlais, plus j'avais l'impression que sa mémoire était honorée. Grâce à ces promenades et à nos discussions du soir, la blessure de l'âme que m'avait causée sa mort se refermait peu à peu, sans complètement guérir. Mais, au moins, elle n'était plus aussi béante et douloureuse que durant les premiers jours ou les premières semaines.

Nos conversations ont dérivé vers des sujets qui avaient préoccupé Billy avant sa mort. Il était troublant de penser qu'il avait prédit sa fin.

Nellie hésitait à l'idée de quitter l'Angleterre, mais était aussi très enthousiaste à l'idée de vivre au Canada. Chacune de nos familles avait proposé de nous construire une maisonnette en attendant que nous puissions nous débrouiller seuls. Mes parents avaient écrit une lettre si chaleureuse que je me suis senti rassuré pour notre avenir.

Durant toutes ces semaines, j'avais la tête enveloppée dans un bandage et, un jour, alors qu'elle le changeait, Nellie a dit :

— Tu as une calvitie due au stress de ce côté et une entaille de l'autre. Si tu n'étais pas sur le point de devenir mon mari, je proposerais qu'on te fasse une vraie tonsure et qu'on dise que tu es un moine!

J'ai repris mon service à la mi-décembre. Rogers était en permission et j'ai trouvé l'atmosphère plutôt morne sans lui ni Billy. J'ai joué au soccer quand le terrain n'était pas trop détrempé et sans utiliser ma tête, conformément aux ordres du docteur.

Après mon congé, le premier jour où j'ai décollé pour une patrouille, une petite attention très importante à mes yeux s'est produite. Le matin, l'équipe au sol s'est rassemblée autour de mon avion pour m'accueillir. J'étais surpris et très touché. Ils me souriaient et je me suis demandé ce qui allait suivre.

— Eh bien, Sir, a dit un mécanicien. On a pris la liberté d'ajouter un petit quelque chose à votre avion.

J'ai regardé le Camel et j'ai compris. Sous le rebord du poste de pilotage, en belles lettres blanches, on avait peint le mot *Hourra!*

Je leur ai serré la main à chacun, et la voix me manquait.

— C'était un bon gars, Sir, a dit un des mécaniciens.

— Oui, un bon gars, ai-je répété en mettant mes mains sur mes hanches et en les regardant. Eh bien, messieurs! Puisque vous avez si bien commencé, que diriez-vous si on donnait le nom de *Hourra* à ce Camel?

Le nom lui est resté et, même si je ne pouvais pas toujours piloter le même appareil, tout le monde savait que le *Hourra* était mon avion. Je me suis même fait un devoir d'informer les nouveaux pilotes que ce nom évoquait la mémoire d'un homme de bien, mon très cher ami Billy.

La pluie, le brouillard et la glace de janvier nous ont cloués au sol pendant plus d'un mois. Souvent, pendant des heures, nous nous tenions prêts à partir en patrouille pour finalement entendre que notre mission était annulée. C'était exaspérant!

Pour m'occuper et pour pouvoir piloter, je me suis porté volontaire pour emmener des photographes en mission de reconnaissance. Les avions utilisés n'arrivaient pas à la cheville des Sopwith Pup ni des Camel, mais au moins je volais au lieu de rester assis dans notre baraque. Toutefois, nous n'allions jamais très loin sans être escortés par des avions de chasse.

Quand Rogers est rentré de permission, nous nous sommes donné des tapes sur les épaules, puis nous sommes restés à nous fixer des yeux, sans dire un mot, ébranlés par la gravité du moment. En effet, nous ne nous étions pas revus depuis mon hospitalisation pour commotion cérébrale. La mort de Billy me pesait beaucoup et, certains jours, elle m'était même insupportable. Comme Rogers l'a si bien dit : « Certains laissent une telle marque sur nous, de leur vivant, que leur mort laisse un vide d'autant plus grand. » Je ne pouvais qu'approuver.

Rogers a été enchanté de voir le *Hourra* et le lendemain matin, en souvenir de Billy, il a peint sur son avion : *La vengeance de Billy*. L'appareil a été remorqué dehors, puis placé à côté du mien, et toute l'équipe au sol s'est regroupée autour pour prendre une photo.

En février, nous sommes sortis régulièrement en patrouille chaque fois que le plafond était assez haut. Le 22 février 1918 au crépuscule, en réponse à une alerte, nous avons décollé à cinq avions. Apparemment, des bombardiers s'apprêtaient à traverser la Manche.

C'était une nuit remarquable. Le ciel était juste un peu nuageux et il faisait exceptionnellement chaud. Tandis que nous grimpions, les derniers rayons de soleil ont jailli d'un banc de nuages qui s'étirait à l'horizon. Un chemin de lumière est apparu à la surface de la mer et j'ai soupiré d'admiration devant cette scène grandiose. J'avais envie que cette sale guerre soit terminée. J'aurais voulu traverser la Manche, me rendre à Grimsby et atterrir dans le champ des Timpson. J'ai pensé à Robert et, contre tout espoir, j'ai souhaité qu'il se sorte sain et sauf de cette guerre. L'idée de perdre mon frère, en plus de Billy, m'était insupportable. Robert ne m'avait pas écrit depuis un bon moment, et Sarah ne parlait pas de lui dans ses lettres. Je n'avais jamais tant espéré la fin de la guerre. Le monde n'était plus que désolation; tant d'hommes mouraient à une telle cadence. Puis le jour a fait place à la nuit et nous sommes revenus à la base sans avoir trouvé notre proie.

Les jours suivants ont été désastreux à cause du mauvais temps. Quand le soleil est finalement revenu, Rogers est venu me parler pendant notre partie de soccer.

— On a besoin de photos aériennes, a-t-il dit. Il faudrait piloter le Big Ack. Serais-tu partant?

J'ai approuvé de la tête. Le Big Ack était le surnom du Armstrong Whitworth F.K.8. C'était un gros avion polyvalent que j'avais souvent vu stationné à l'aérodrome. Il avait l'air un peu ridicule avec son nez retroussé et ses grandes ailes. Néanmoins, il pouvait voler à 95 milles par heure et monter à 12 000 pieds d'altitude, ce qui était largement suffisant pour des missions de reconnaissance.

— Je suis toujours prêt à essayer un nouvel avion, ai-je déclaré.

— C'est bien pour ça que je te l'ai demandé, a-t-il répondu en esquissant un sourire.

Puis il prit un air sérieux.

— Il s'agit de se rendre en Belgique. Tu seras escorté par quatre chasseurs, a-t-il ajouté.

— Ça me va, ai-je répondu en lui serrant la main. Quand décollons-nous?

Quelques jours plus tard, nous sommes partis à cinq avions, en direction de la frontière belge. Les quatre Camel qui m'encadraient étaient magnifiques, comparés au Big Ack, et je n'ai pas pu m'empêcher de le faire savoir à Rogers en haussant les épaules tandis que nous nous dirigions vers Ostende par le sud. Il a sorti son bras et a fait comme s'il gonflait ses muscles, puis il a indiqué le Big Ack avec son doigt. En effet, nous étions plus gros et nous transportions des bombes qui pouvaient faire de gros dégâts, au besoin. Le photographe, un dénommé Tyler, un type peu bavard, m'a néanmoins servi tout un numéro de cirque en bouclant sa ceinture de sécurité.

Nous progressions bien le long de la côte, sans nous faire intercepter. Les conditions atmosphériques étaient parfaites pour la reconnaissance, mais certainement pas pour voler en territoire ennemi. À quelques milles d'Ostende, une escadrille ennemie est venue nous attaquer. Nous avions probablement été repérés et signalés depuis un bon moment si ces avions étaient déjà en l'air et à une telle altitude. Nous avions encore l'avantage puisque nous volions au moins 400 pieds plus haut qu'eux, mais ils continuaient de grimper. Rogers m'a fait signe de retourner à la base; il était évident qu'on ne pourrait pas prendre de photos.

Les Camel ont viré avec moi pour attirer les Boches plus près de la frontière française.

J'observais attentivement la course des avions ennemis. Soudain j'ai crié à Tyler de se mettre à la mitrailleuse Lewis. Il a rangé son matériel de photographe en moins de deux et s'est installé au poste de tir. Tout près de la frontière franco-belge, huit avions ennemis nous avaient rattrapés.

Rogers a fait une boucle et les trois autres Camel l'ont suivi. C'était bizarre d'observer mes collègues en train de se lancer dans la bataille tandis que je faisais de mon mieux pour ne pas y être mêlé. Mais il n'y avait pas d'autre choix possible. Quand nous serions rendus en territoire français et que nous volerions plus bas, l'ennemi allait probablement retourner à sa base plutôt que de s'exposer aux tirs antiaériens de Dunkerque. Ils étaient plus nombreux que nous et le Big Ack ne faisait pas le poids contre une escadrille d'Albatros, une fois franchi le barrage de nos chasseurs.

Un bruit de tir à la mitrailleuse est parvenu à nos oreilles et j'ai encore une fois regardé en arrière. Tyler était à son poste, sa mitrailleuse braquée sur un point noir qui grossissait dans le ciel.

Au moins un des Albatros avait déjoué nos chasseurs et se rapprochait de nous. Le Big Ack volait à sa vitesse maximale, soit environ 95 milles par heure, mais les Albatros pouvaient atteindre plus de 100 milles par heure. Tyler a fait pivoter la Lewis à bâbord, puis à tribord, et j'ai su instantanément que l'ennemi nous canardait. Les balles sifflaient à nos oreilles et, derrière moi, la Lewis ripostait.

Le temps était compté. De trop nombreuses manœuvres nous ralentiraient et pourtant, je devais me rapprocher le plus possible de Dunkerque où les canons antiaériens pourraient m'aider. Le pilote de l'Albatros le savait aussi bien que moi. Je n'avais que Tyler pour assurer notre défense. J'ai pensé au pauvre Harry Pritchard, mon dernier tireur, qui s'était fait abattre longtemps avant notre retour à la base.

J'ai réalisé que Tyler avait raté sa vocation. En quelques minutes, une fois le feu ouvert, il s'était complètement transformé. Je n'avais jamais vu un tireur aussi acharné. Malgré le vrombissement du moteur, je pouvais l'entendre par intermittence, qui criait salve après salve :

— Viens par ici, sale corbeau! Prends-toi ça dans la gueule! Tu en veux encore, hein? Alors, viens voir papa par ici!

Il n'arrêtait jamais. Sa ceinture de sécurité avait pris le bord depuis longtemps et il battait l'air comme un malade. Je ne disais rien, car ses bouffonneries faisaient des miracles pour garder les loups à distance. Deux avions nous attaquaient à ce moment-là.

Soudain, il a poussé un cri de victoire et j'ai vu à

bâbord un avion en flammes qui tombait.

Mais l'autre avion a tiré plusieurs balles qui sont passées au travers de la toile de notre aile.

Tyler a juré, puis s'est remis à tirer. L'instant d'après, un petit nuage de fumée est sorti du moteur du Big Ack. Il a eu un raté, puis a craché une plus grosse bouffée et, finalement, nous avons été totalement enfumés.

L'avion a piqué du nez. Je me suis débattu avec le manche à balai, puis avec les ailerons pour nous maintenir en vol. La mitrailleuse s'était tue et j'ai jeté un coup d'œil derrière moi. Tyler m'a gentiment salué de la main, assis sur son siège et en train de boucler sa ceinture. Une tache rouge s'agrandissait sur son épaule. Je ne pouvais pas savoir si c'était grave, mais son sourire m'a rassuré. L'Albatros avait cessé de nous poursuivre et Rogers est venu se placer derrière nous.

Nous étions encore à une assez bonne altitude, même si la surface de l'eau de la Manche semblait dangereusement plus près que quelques minutes auparavant. À travers les bouffées de fumée, je distinguais notre base à Dunkerque.

— On va y arriver, Sir? m'a crié Tyler.

Je lui ai répondu en mettant mon pouce en l'air. S'il vous plaît, mes anges, aidez-nous! Il faut qu'on y arrive!

L'hélice s'est arrêtée alors que nous étions à environ 400 pieds d'altitude et j'ai fait de mon mieux pour maintenir le Big Ack le plus stable possible. La fumée sortait par intermittence et j'ai utilisé les intervalles pour planifier l'atterrissage. Des mécaniciens couraient sur la piste et préparaient notre arrivée. Des camions de carburant quittaient la piste à la queue leu leu.

J'ai calculé que nous pouvions y arriver avec les 100 premières verges de piste, mais que nous risquions de heurter un dernier camion qui n'était pas parti. Malheureusement, il n'y avait pas d'autre choix. Un mécanicien a couru à toute vitesse vers ce camion. Il tentait de le déplacer avant que nous le heurtions. Un brave sot!

Le sol n'était pas loin. Je faisais baisser lentement le nez de l'avion quand une autre bouffée de fumée m'est arrivée en plein visage. Nous étions déjà trop bas pour atterrir correctement, mais je ne voyais plus rien. Nous avons heurté le sol violemment, puis rebondi. J'ai eu le souffle coupé. J'ai essayé de maintenir le cap. À travers la fumée, j'ai aperçu le flanc du camion qui fonçait devant nous, en travers de la piste. Au volant, le mécanicien avait la tête rentrée dans les épaules, comme s'il craignait de se faire couper la tête.

Mon aile a penché, puis a accroché le sol, nous avons pivoté et, finalement, l'avion s'est retourné. Ma tête a heurté quelque chose et j'ai perdu connaissance.

Chapitre 16
Mars 1918

Je me suis réveillé à l'hôpital. Un docteur examinait mon œil avec une lumière aveuglante.

— Bonjour, capitaine, a-t-il dit d'un ton décontracté. Content de vous revoir!

J'avais encore eu une commotion cérébrale et cette fois, c'était un peu plus grave. J'étais étourdi, désorienté et souvent nauséeux. J'avais mal à la tête presque tout le temps. Je suis resté alité pendant deux jours à attendre avec impatience que le docteur me donne mon congé.

Rogers et Tyler m'ont tout raconté. L'équipe au sol nous avait retirés, Tyler et moi, de l'avion renversé où nous étions restés accrochés par nos ceintures, la tête en bas.

— Tu as extraordinairement bien manœuvré, Tricotin, a dit Rogers. Le rouleau s'est produit à la toute fin, quand ta vitesse était moins grande, et l'écrasement n'a pas été aussi grave qu'il aurait pu l'être.

— Et nous avons fait un carton, Sir! s'est exclamé Tyler. Le Boche a réussi à poser son avion tant bien que mal, mais nous avons remporté la victoire! La première pour moi, Sir!

— Tu étais complètement fou, là-haut, Tyler. Un vrai malade! ai-je dit avec un sourire en lui tendant la main. Je suis prêt à te prendre avec moi comme tireur quand tu voudras! C'était un honneur de t'avoir comme coéquipier.

Il a rougi jusqu'à la racine des cheveux.

— Allez ouste, Tyler! nous a interrompu Rogers. S'il vous plaît, je dois lui parler seul à seul.

Tyler m'a serré la main et est sorti. J'ai regardé Rogers, un peu inquiet.

— Qu'y a-t-il? ai-je demandé. Encore une mauvaise nouvelle? Quelqu'un n'est pas rentré de la mission?

Il a secoué la tête.

— Il n'y a eu aucune perte, Tricotin, a-t-il dit. Tout le monde est rentré sain et sauf.

— Alors qu'est-ce qui ne va pas? ai-je demandé.

Il s'est éclairci la voix.

— Le docteur dit que c'est fini pour toi, a-t-il répondu.

— Quoi? ai-je rétorqué, incrédule.

— Pour toi, la guerre est finie, mon ami, a-t-il dit. Tu peux te marier avec Nellie, rentrer chez toi et fonder une famille.

— Je ne comprends pas! ai-je protesté.

— Tu as subi deux graves commotions, Paul, a-t-il

expliqué en posant sa main sur mon épaule.

— Mais je me suis remis de la première, il me semble! ai-je objecté.

— Oui, a-t-il dit. Mais il t'a fallu pas mal de temps et tu n'as jamais été totalement rétabli. Tu n'as jamais cessé d'avoir mal à la tête, depuis. Peux-tu imaginer comment tu vas te sentir, maintenant que tu en as eu une deuxième? Le docteur pense que tes symptômes vont persister durant une bonne partie de ta vie. Il dit que ce n'est pas prudent pour toi de recommencer à piloter. Je suis désolé, mon gars, vraiment désolé.

En assimilant cette nouvelle, je me suis senti tiraillé par des idées et des émotions contradictoires. J'allais être avec Nellie! J'allais rentrer à la maison! Mais je ne pourrais plus piloter un avion.

— Je remplis tes papiers aujourd'hui, a poursuivi Rogers. Tu vas être en congé de maladie pour une période indéterminée. Le docteur pense que tu vas ensuite bénéficier d'une libération honorable de l'aviation militaire. Tu rentres à la maison, mon vieux!

Je suis resté à la base pendant encore trois jours, le temps que le docteur puisse constater mes progrès. Malgré la perspective de rentrer chez moi, je ne me sentais pas bien et perdais souvent l'équilibre. Rogers a écrit pour moi à mes parents et à Nellie. Je n'arrivais pas à regarder une feuille blanche sans me sentir étourdi. J'avais même vomi quand j'avais essayé. J'ai alors commencé à croire que je souffrirais de séquelles permanentes.

Le 14 mars 1918, j'ai fait mes bagages, refait mon lit et regardé une dernière fois l'intérieur de notre baraque.

— Tu seras beaucoup mieux logé auprès de Nellie, m'a taquiné Rogers.

Un camion m'attendait pour me conduire au quai d'embarquement où un bateau me ferait traverser la Manche.

Je me suis arrêté sur le seuil et j'ai dit :

— Je dois aller le voir une dernière fois.

Sous un fin crachin, je me suis dirigé vers la piste, sans me soucier d'éviter les flaques d'eau. Cinq Camel étaient stationnés côte à côte, l'air de m'attendre. Je voyais mon *Hourra*, au centre, et *La vengeance de Billy*, juste à sa droite.

— Ce ne sera pas le même avion, sans toi aux commandes, a dit Rogers en venant me rejoindre. Mais je te promets que tous ceux qui le piloteront feront honneur à ton nom. Tu es un excellent pilote, Paul. Et mon meilleur ami, dans cette saleté de guerre. Crois-moi, je suis vraiment content pour toi que tu puisses lâcher tout ça.

— Tu viendras nous voir? ai-je demandé en posant ma main sur son épaule.

— Oui, a-t-il répondu. En Angleterre ou au Canada.

Je m'arrangerai pour te retrouver.

Un Camel s'est présenté pour atterrir, un éclaireur qui était sorti seul pour une courte patrouille sur la Manche. Nous avons regardé le pilote virer en approche, avec ses ailes inclinées, luttant contre le vent et son moteur plein de fougue. Il l'a bien maîtrisé et l'a posé, puis a roulé sur la piste cahoteuse. Tout en l'observant, je m'imaginais la main sur le manche à balai et le pied droit appuyant fort sur la pédale du gouvernail. Je sentais l'odeur de l'huile de ricin et la caresse du vent sur mon visage. C'était un moment grandiose!

— Adieu Billy! ai-je murmuré. Adieu!

Épilogue

Le 19 mars 1918

Chère Sarah,

Je rentre à la maison! Et je ne serai pas seul. Nellie et moi allons nous marier le 20 avril à Redcar, puis nous prendrons le train pour Londres. De là, nous nous embarquerons pour Halifax et ferons ensuite le voyage jusqu'à Winnipeg. Nellie dit qu'elle te connaît déjà, grâce à tes lettres, et qu'elle a follement hâte de te rencontrer en personne.

Je ne peux pas prévoir si notre voyage se passera bien. Il y a beaucoup d'incertitude en Europe, en ce moment. Les Allemands ont réussi d'importantes avancées dernièrement. Il y a eu aussi beaucoup de dégâts à cause des attaques contre les navires britanniques. Selon la rumeur populaire, les Allemands pourraient même gagner la guerre. Je ne peux pas y croire, pas avec des gars de la trempe de Rogers et de Tyler qui se battent contre les Boches, là-haut dans les airs.

Je vais bien veiller sur Nellie durant notre voyage.

Ta dernière lettre m'a fait un choc. Je suis soulagé de savoir que Robert n'est plus à la guerre. Mais je trouve difficile de l'imaginer avec une seule jambe. Je savais que le pied des tranchées était un mal dangereux, mais je n'avais pas réalisé que Robert avait eu une si grave récidive. Pauvre Robert! J'ai fait un dessin de lui pour me préparer à nos retrouvailles. Dans ma tête, je le vois à la ferme, dans le dernier champ, avec les blés qui lui arrivent au genou. J'ai vu beaucoup d'hommes qui marchaient avec des béquilles à la guerre. Quand je pense à mon frère qui en aura besoin toute sa vie, je sens mon cœur se serrer. Mais nous allons nous en sortir, ne t'inquiète pas, Sarah! Tant qu'un homme conserve sa tête et ses mains intactes, il y a de la place pour lui à la ferme.

Dis à papa de ne pas s'en faire pour notre arrivée à la gare. La ferme des Lewis n'est pas loin à pied, et je suis sûr qu'Harold sera très heureux de nous conduire jusqu'à la maison.

Une dernière chose : Robert n'est pas le seul sur mon dessin. Tu y es aussi, chère petite sœur. Le panier que tu tiens dans tes mains est plein de toutes les semences dont nous avons besoin pour nos champs. Un jour, j'espère voir Rogers marchant sur nos terres, en temps de paix et sans blessure de guerre. Nous nous serrerons la main et trinquerons à la mémoire de Billy et des autres. Nous respirerons l'air pur et regarderons le ciel bleu, sans bombardiers ni balles de mitrailleuse qui le traversent. Je rentre à la maison Sarah!

Ton frère qui t'aime,

Paul

Ainsi s'est terminée la carrière de pilote de Paul Townend. Mais ses anciens collègues ont continué d'affronter sans relâche les escadrilles allemandes. De nouvelles tactiques et de nouveaux avions ont aussi été mis au point. Le Sopwith Snipe, créé pour remplacer le Camel, est arrivé au combat en 1918. L'as de l'aviation canadienne William Barker a affronté seul, à bord de son Sopwith Snipe, 50 avions ennemis. Malgré de graves blessures, il a abattu quatre avions allemands avant d'atterrir.

Paul a reçu sa libération militaire au moment même où les Allemands lançaient une offensive majeure, si importante que bien des gens ont pensé qu'ils allaient gagner la guerre.

Libérés de la pression sur le front est, grâce au retrait de la Russie, ils ont aussitôt attaqué en bombardant massivement les forces alliées afin de les vaincre avant que les Américains arrivent en plus grand nombre. Un million d'obus ont été tirés contre la 5e armée britannique. Après un jour seulement, plus de

20 000 soldats britanniques ont été faits prisonniers, et la Somme est retombée aux mains des Allemands. Toutefois, après avoir réussi cette spectaculaire avancée, les troupes d'assaut allemandes, équipées d'armes légères, se sont retrouvées sans approvisionnements et incapables de tenir les positions qu'elles venaient de gagner.

Au tournant de mars et avril, les Allemands avaient perdu environ 230 000 hommes. En avril 1918, ils ont aussi perdu leur as de l'aviation, le Baron rouge, qui a été abattu en territoire allié.

En juin 1918, ils ont encore fait des avancées avec trois offensives majeures. Face à un dernier assaut allemand en juillet, les forces alliées, britanniques, françaises et américaines ont contre-attaqué en juillet, en août et en septembre. En octobre, les Allemands ont réclamé l'armistice. Le 9 novembre, le Kaiser a abdiqué et le 11, l'armistice a été signé. Néanmoins, jusqu'à la fin du mois de novembre 1918, des pilotes alliés ont encore été abattus ou portés disparus.

Note historique

Les pilotes canadiens ont joué un rôle très important dans les combats aériens de la Première Guerre mondiale. Plusieurs d'entre eux étaient fils de fermiers et venaient d'un peu partout au Canada. Raymond Collishaw, originaire de Nanaimo en Colombie-Britannique, a remporté 60 victoires. William Barker, né au Manitoba, en a remporté 50. Billy Bishop, originaire d'Owen Sound en Ontario et vedette incontestée de l'aviation canadienne, en a remporté 72. L'Ontarien Arthur Roy Brown ne compte que 10 victoires, mais il a remporté la plus importante de toutes. En effet, le 21 avril 1918, il a réussi à abattre l'avion de Manfred von Richthofen, dit le Baron rouge. Toutefois, on débat encore de certains détails de cet exploit. Des éléments récemment mis au jour laissent entendre qu'un tireur australien posté au sol aurait abattu le Baron rouge après l'affrontement en plein vol l'ayant opposé à Brown.

Ces jeunes Canadiens ont emprunté des voies différentes pour apprendre à piloter des avions et, plus particulièrement, des avions de combat. Certains, comme Raymond Collishaw, ont dû payer leurs leçons de pilotage avant de se rendre en Angleterre ou en France. Dans certains cas, le Royal Naval Air Service, ou RNAS (l'ancêtre de la Royal Air Force, ou RAF), a payé les brevets des pilotes formés à l'école de pilotage Curtiss, près de Toronto, où les hommes faisaient leur entraînement avec le Curtiss Jenny 4 (aussi appelé JN-4 ou Canuck). D'autres arrivaient en Angleterre ou en France sans aucune formation. Enfin, certains n'avaient pas plus de 12 heures de vol à leur actif avant de décoller pour leur première mission.

Contrairement à la plupart de leurs collègues britanniques, les pilotes canadiens ne venaient pas de familles aisées ou aristocrates. Néanmoins, lors des combats ou simplement aux commandes de leurs avions, les Canadiens ont su gagner le respect des Britanniques. Les pilotes venaient de différents pays du Commonwealth, et les escadrons étaient généralement composés d'hommes de différentes nations, sauf exception. Ainsi l'escadron N° 10 du RNAS comportait uniquement des pilotes canadiens. Une des trois équipes de l'escadron N° 10, l'équipe B (pour *Black*) de Raymond Collishaw, comprenait cinq pilotes. Leurs avions étaient des triplans Sopwith, et ils avaient été baptisés *Black Maria* (Raymond Collishaw), *Black Roger* (Ellis Reid), *Black Prince* (Mel Alexander), *Black Death* (John Sharman) et *Black Sheep* (Gerry Nash). À eux seuls, de mai à juillet 1917, ils ont abattu 87 aéronefs allemands.

À ses débuts, l'aviation était encore pleine de dangers, même sans les complications engendrées par la guerre. D'ailleurs pendant la guerre, chaque mois, voire chaque jour, les ingénieurs mettaient à l'essai des façons de rendre ces appareils encore plus rapides et plus efficaces. Les idées originales et les inventions fusaient de toutes parts. Ainsi, avant l'invention des mitrailleuses synchronisées, les pilotes ont utilisé tous les moyens possibles pour abattre l'ennemi : grenades explosives, briques et même, un jour, un grappin lancé depuis un poste de pilotage. La mitrailleuse synchronisée, qui permet de tirer les balles *entre* les pales de l'hélice, a finalement permis de tirer droit devant en plein vol.

Certaines inventions ont été de francs succès, mais il y a eu aussi des désastres. Par moment, les pilotes suggéraient eux-mêmes certaines améliorations aux ingénieurs. C'était vraiment une période d'essais et d'erreurs, où la créativité était stimulée par les exigences de la guerre. Dès qu'un pays produisait un avion plus puissant, l'ennemi pouvait en produire un autre beaucoup plus manœuvrable. Ainsi, les bombardiers Gotha, d'une grande maniabilité en haute altitude, ont permis à l'Allemagne d'attaquer l'Angleterre de jour comme de nuit. La Grande-Bretagne a alors riposté avec son Sopwith Camel, un appareil qui pouvait non seulement voler à très haute altitude, mais qui était aussi d'une extrême polyvalence en vol.

À certains moments, l'espérance de vie des nouveaux pilotes envoyés au front était catastrophique : pas plus de deux ou trois semaines! Les pilotes affrontaient divers dangers, comme l'écrasement de leur avion, les collisions en plein vol ou les vols de nuit. Le Sopwith Camel a causé des centaines de pertes humaines non liées au combat.

Les combats aériens pouvaient être exaltants, mais aussi extrêmement stressants. Les pilotes avaient donc besoin de prendre régulièrement du repos pour calmer leur système nerveux et rattraper du sommeil. Pour survivre, il valait mieux avoir les sens bien aiguisés. Les pilotes qui étaient épuisés ou trop tendus commettaient des erreurs qui pouvaient être fatales pour eux-mêmes comme pour leurs collègues. Certains tentaient d'atténuer le stress en abusant de l'alcool, parfois même en plein vol.

Les pilotes de la Première Guerre mondiale étaient convaincus d'avoir des conditions de vie meilleures que celles des soldats qui restaient au sol. Ils avaient choisi le sentiment de liberté qu'offrait le contrôle d'une machine volante dans l'immensité du ciel, malgré les dangers évidents. Par ailleurs, les pilotes mangeaient généralement mieux et dormaient dans des baraques, sur de vraies couchettes. Ils n'avaient pas à rester entassés dans de sordides tranchées, comme les soldats qui étaient au front.

Les gens avaient tendance à considérer les pilotes comme des chevaliers des temps modernes : élégants, intelligents, courageux et audacieux. Les jeunes hommes de plus ou moins 20 ans étaient attirés par cette popularité. Par ailleurs, il arrivait assez souvent qu'un pilote rencontre sa future épouse en France ou en Angleterre.

Au fil des années, les avions se sont avérés de plus en plus utiles dans la conduite de cette guerre. En 1914, ils servaient essentiellement aux missions de reconnaissance où on cherchait à voir du haut des airs ce que l'ennemi préparait au sol. Les mouvements des troupes ennemies étaient rapportés à la base et les positions des armées de terre étaient ajustées en conséquence. Très vite, des photographes ont participé à ces vols de reconnaissance. Ils ont ainsi pu prendre des milliers de photographies aériennes.

Les avions ont aussi servi à protéger les villes anglaises contre les attaques des zeppelins allemands. Au cours de la Première Guerre, ces énormes ballons dirigeables n'ont pas causé beaucoup de dommages. Néanmoins, ils généraient beaucoup d'anxiété au sein de la population civile, en particulier lors des attaques de nuit quand ils lâchaient leurs bombes sur Londres ou d'autres villes. Ils étaient terrifiants à voir, et rien ne semblait pouvoir les arrêter. Les avions sont alors devenus un moyen de défense très important contre eux pendant toute la guerre.

Les pilotes de la Première Guerre mondiale ont combattu dans des conditions très difficiles, ont fourni des informations cruciales grâce à leurs vols de reconnaissance et ont participé au développement des inventions et des technologies qui allaient changer les tactiques militaires aéronavales.

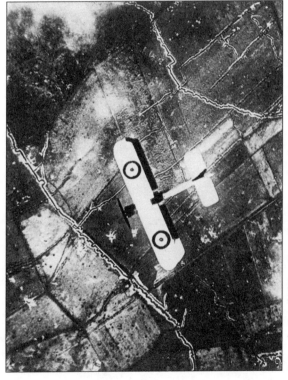

Avion du Royal Flying Corps (RFC) survolant les tranchées des Allemands.

Un pilote d'avion devait porter un manteau bien chaud ainsi qu'un casque, des lunettes de protection et des gants. L'écharpe de soie que plusieurs d'entre eux portaient servait à essuyer leurs lunettes maculées d'huile à moteur.

Le Curtiss JN-4 (ou Jenny 4) a servi à l'entraînement initial de plusieurs pilotes canadiens du RNAS. Ci-contre, on les voit survolant un amoncellement de nuages.

Cet aviateur à bord d'un Curtiss JN-4 (ou Jenny 4) d'entraînement apprend à manier une mitrailleuse.

Le lieutenant-colonel Raymond Collishaw (à gauche), chef de l'escadrille Black entièrement constituée de pilotes canadiens, a été le premier aviateur à remporter six victoires en une seule journée. Le lieutenant-colonel William Avery Bishop, dit Billy (à droite) du Royal Flying Corps, était le meilleur pilote canadien. Il avait une vue exceptionnelle et portait rarement ses lunettes de protection.

Les pilotes qui se faisaient abattre réussissaient parfois à faire atterrir leur avion sans trop de dommages. Mais les écrasements plus graves étaient fréquents.

Le lieutenant-colonel W. G. Barker, dit Billy, est assis au poste de pilotage de ce Sopwith Camel. À lui seul, il a vaincu 50 avions ennemis.

Le zeppelin (baptisé du nom de son inventeur), un gigantesque ballon dirigeable allemand, semait la terreur au sein de la population britannique.
Structure interne d'un ballon (ci-contre) qui s'est écrasé et dont la toile a brûlé.

Des affiches comme celle-ci permettaient aux civils de distinguer les ballons et les avions ennemis de ceux des Alliés.

Deux Sopwith Camel s'engagent dans un combat aérien avec l'infâme Baron rouge. Cette illustration montre l'avion de l'Allemand (au centre) se faisant pourchasser par le pilote canadien Arthur Roy Brown.

Les avions de la Première Guerre mondiale

Avion	Vitesse maximale	Autonomie	Armement
Sopwith 1½ Strutter	160 km/h - 100 mi/h	3 h 45 ou plus	1 mitrailleuse Lewis et une Vickers .303
Sopwith Camel	182 à 195 km/h - 113 à 121 mi/h	2 h 30	2 Vickers ou 2 Lewis ou une de chaque
Sopwith Pup	159 à 178 km/h - 99 à 111 mi/h	3 h	1 mitrailleuse Vickers
Albatros D.III	193 km/h - 120 mi/h	2 à 3 h	2 mitrailleuses Spandau
Triplan Fokker	153 à 166 km/h - 95 à 103 mi/h	1 h 30	2 mitrailleuses Spandau
Bombardier Gotha G.IV	141 km/h - 87,5 mi/h	3 h 30 à 6 h selon l'armement	2 ou 3 mitrailleuses et râteliers pouvant contenir 14 bombes.
Halberstadt D.II	145 km/h - 90 mi/h	1 h 30	1 mitrailleuse Spandau

La vitesse varie avec l'altitude et selon le moteur. Le temps d'autonomie correspond à la vitesse de croisière et non à celle des combats.

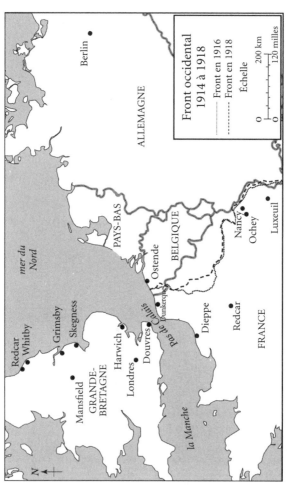

**Front occidental
1914 à 1918**

Front en 1916
Front en 1918

Échelle

0   200 km
0   120 milles

Des centaines de bases aéronavales du Royal Air Force (RAF), du Royal Flying Corps et du RNAS avaient été installées le long de la côte est de l'Angleterre et en France. La carte ci-dessus en indique quelques-unes.

Crédits photographiques

Médaillon de la couverture (détail) : Jeune homme de Metcalfe, Jean-Baptiste Dorion, Bibliothèque et archives Canada, PA-122937.

Couverture, scène des avions : *The Ringmaster*, © Stan Stokes, avec la permission de The Stokes Collection, Inc.

Détails de la couverture : vieille reliure de cahier © Oleg Golovnev/Shutterstock; bandeau © ranplett/istockphoto; verso : étiquette ©Thomas Bethge/Shutterstock.

page 225 : Un avion britannique survolant les tranchées allemandes, *The War Pictorial November 1917, Illustrated London News.*

page 226 : Le capitaine en second George R. Hodgson, R.N.A.S., H. Scott Orr, Bibliothèque et archives Canada, PA-113145.

page 227 : Un Curtiss JN 4-D au-dessus des nuages, Canada, ministère de la Défense nationale, Bibliothèque et archives Canada, PA-006344.

page 228 : Équipage dans un Curtiss JN-4 d'entraînement, École de tir anti-aérien, Base militaire de Borden, Ontario, 1917, Canada, ministère de la Défense nationale, Bibliothèque et archives Canada, PA-022934.

page 229 (gauche, détail) : Le capitaine d'escadrille Raymond Collishaw à bord d'un Sopwith F1 Camel, Allonville, France, 1918, Bibliothèque et archives Canada, PA-002788.

page 229 (droite, détail) : Billy Bishop à bord de son chasseur S.E. 5a, William Rider-Rider, Archives nationales du Canada, PA-001654.

page 230 : *Mud in Your Eye*, © James Deitz, gracieuseté de James Deitz.

page 231 : Le major W. G. Barker à bord d'un Sopwith Camel de l'escadron N° 28, R.A.F., Bibliothèque et archives Canada, PA-118321.

page 232 : L'épave du zeppelin L.33, près de Little Wigborough, Bibliothèque et archives Canada, PA-000086.

page 233 : Affiche destinée à aider les civils à reconnaître les aéronefs ennemis, 1915 (lithographie), Bridgeman Art Library, PFA 113168.

page 234 : *The Red Baron*, © Frank Wootton, avec la permission de Tracy Wootton.

page 235 : Données tirées de différentes publications *Jane's*, complétées par *Aircraft of World War I*, de Lloyd's, et par différents sites Internet portant sur l'aviation au cours de la Première Guerre mondiale.

page 236 : Carte © Paul Heersink/Paperglyphs.

L'éditeur tient à remercier Janice Weaver, qui a vérifié les faits historiques, et Terry Copp, qui nous a fait bénéficier de son expertise d'historien. Merci également à Steve Beth Suddaby, auteur de *Buzzer Nights : Zeppelin Raids on Hull*, pour ses notes détaillées concernant l'aviation durant la Première Guerre mondiale.

Note de l'auteur

Je m'intéresse depuis toujours à la Première Guerre mondiale et, plus précisément, depuis le jour où mes parents m'ont montré les médailles et les documents militaires de mon arrière-grand-père. De son côté, mon frère Phil construisait des modèles réduits d'avions, comme le Sopwith Camel, dans notre sous-sol. Nous parlions souvent de ce que pouvait être la vie des pilotes durant la guerre. Quand j'étais en 4e année, j'ai écrit un texte documentaire sur Charles Lindbergh. Son vol historique a été effectué après la Première Guerre, mais c'était encore l'époque pionnière de l'aviation, et il m'a totalement captivé. En préparation à l'écriture de ce roman, j'ai glané des informations dans des notes personnelles de pilotes, des carnets de bord, des récits de témoins oculaires et des documents d'archives militaires.

Tandis que j'écrivais ce livre, Phil m'a fourni mille précisions concernant les avions et les conditions auxquelles les pilotes devaient faire face dans les airs. Devenu un professionnel du maquettisme, Phil a accumulé de vastes connaissances sur différents types d'aéronefs. Son expertise a été essentielle à la construction de mon récit.

L'histoire de Paul Townend est un amalgame d'événements tirés des récits des exploits de plusieurs pilotes de la Première Guerre mondiale et de leurs pairs. J'ai particulièrement trouvé très utiles les témoignages concernant Raymond Collishaw et sa participation à cette guerre. Collishaw était le capitaine de la fameuse escadrille Black (officiellement, l'escadrille B), qui comptait cinq pilotes canadiens. Ceux-ci ont abattu 87 avions ennemis entre mai et juillet 1917. La chronologie des états de service de Collishaw m'a servi de guide pour construire ceux de Paul Townend en France, de 1916 à 1918. Néanmoins, j'ai pris à l'occasion certaines libertés avec les dates, quand la cohérence de ma trame romanesque l'exigeait.

Remerciements

Je remercie tout particulièrement mon frère, Philip Ward, et Les Westlake pour leurs recherches documentaires et leurs commentaires, ainsi que Stan Steiner pour son appui au cours du processus d'écriture. Le Musée canadien de l'aviation de Langley, en Colombie-Britannique, s'est avéré une précieuse ressource et m'a été d'une aide inestimable tout au long de ce projet. Je remercie également mon éditrice, Sandy Bogart Johnston, pour sa poursuite constante d'un texte de qualité et de l'exactitude des informations.

Dans la même collection

À l'assaut de la citadelle
Le siège de Québec
William Jenkins
Nouvelle France, 1759

De fer et de sang
La construction du chemin de fer canadien
Lee Heen-gwon
Colombie-Britannique, 1882
Paul Lee

Derrière les lignes ennemies
Deuxième Guerre mondiale
Sam Frederiksen
L'Europe sous la domination nazie, 1944
Carol Matas

Fusillé à l'aube
Première Guerre mondiale
Allan McBride
France, 1917
John Wilson

Prisonnier à Dieppe
Deuxième Guerre mondiale
Alistair Morrison
La France sous l'Occupation, 1942
Hugh Brewster

Voyage mortel
RMS Titanic
Jamie Laidlaw
La traversée de l'Atlantique, 1912
Hugh Brewster